# JULIANO PAVOLLINI

*Cristovão Tezza*

# JULIANO PAVOLLINI

4ª edição, revista

**EDITORA RECORD**
RIO DE JANEIRO • SÃO PAULO
2010

CIP-Brasil. Catalogação-na-fonte
Sindicato Nacional dos Editores de Livros, RJ

T339J   Tezza, Cristovão, 1952-
      Juliano Pavollini / Cristovão Tezza. - Rio de
      Janeiro: Record, 2010.

      ISBN 978-85-01-09095-9

      1. Romance brasileiro. I. Título.

10-2538.               CDD: 869.93
                     CDU: 821.134.3(81)-3

Copyright © Cristovão Tezza, 2002

4ª edição (3ª edição Record)

Todos os direitos reservados.
Proibida a reprodução, no todo ou
em parte, através de quaisquer meios.
Os direitos morais do autor foram assegurados.

Composição de miolo: Abreu's System
Capa: Regina Ferraz

Texto revisado pelo novo Acordo Ortográfico da Língua Portuguesa.

Direitos exclusivos de publicação em língua portuguesa
somente para o Brasil adquiridos pela
EDITORA RECORD LTDA.
Rua Argentina 171 - Rio de Janeiro, RJ - 20921-380 - Tel.: 2585-2000

Impresso no Brasil

ISBN 978-85-01-09095-9

Seja um leitor preferencial Record.
Cadastre-se e receba informações sobre
nossos lançamentos e nossas promoções.

Atendimento e venda direta ao leitor
mdireto@record.com.br ou (21) 2585-2002

EDITORA AFILIADA

*Para Elin, minha mãe*

16 anos

Clara pede que eu comece pela infância. Bem, eu tinha tudo para dar certo, exceto a família. Meu pai, magro assim, era um homem monumental que lia diariamente a Bíblia, dava aulas na escola da aldeia e cuidava para que fôssemos ajuizados. Já cheguei a pensar que fui eu quem o matou, mas hoje, pelo menos quanto a isso, estou tranquilo. A vida para ele era mesmo uma tarefa incômoda, alguma penitência da qual ele deveria se livrar tão logo as lições estivessem pagas. Que estorvo, estar vivo — era o que ele dizia sem dizer, todos os dias, com um mau humor minucioso. Certas pessoas são incompletas de um modo estranho.

Comecei a conhecer meu pai pelas mãos. Teria eu uns três anos, e, sentado à sua frente na longa mesa onde ele se aprumava ao centro, como Cristo (e não à cabeceira, como o pai do meu vizinho), via em primeiro plano aquele amontoado de ossos e calos entrelaçados na oração do almoço. Muito acima, como que detrás de uma nuvem, meus olhos de criança desenhavam o rosto do meu pai, de faiscantes olhos azuis em meio a um topete de fogo. Era realmente um homem bonito, mas eu não sabia. Ele rezava e agradecia a Deus a comida que nos alimentava, e a nossa saúde, e o nosso presente e o nosso futuro, e na oferenda não havia covardia alguma. Meu pai, quando rezava, sabia do que estava falando. Era íntimo de Deus, do

Céu e do Trabalho. Tinha crenças a um tempo sólidas e celestes. Criava galinhas, coelhos, fazia horta e dava aulas, providenciando para que tivéssemos de tudo um pouco: pão, sono, trabalho, costumes, respeito, lazer e surras, exatamente como quem produz um teorema de geometria.

Não deu muito certo, é verdade, mas pelo menos ele fez a sua parte. Quando comecei a conhecê-lo — quando comecei a conhecer as suas mãos —, ele já tinha uma história comprida, como filho de imigrantes analfabetos entre tantos irmãos e irmãs de que até ele já perdera a conta, criado nebulosamente num seminário, de onde fugiu também sem explicação para trabalhar numa pedreira e dali a um curso por correspondência e um diploma precário, e depois, alguns anos depois, a um título também incompleto de professor numa escolinha caindo aos pedaços, na cidade em que nasci: meia dúzia de ruas embarradas, uma igreja, um cartório, uma cadeia. Pois ali estava meu pai, sólido e estabelecido no meio do mato, com o terreno dele e a casa dele e a horta dele; e mais os bichos que criava e matava para nosso sustento.

Este era meu pai. Um homem de gestos previsíveis, de pouca fala e de uma emoção sufocada — mas não ausente. Lembro-me das suas mãos — enormes, deformadas, de unhas pretas — embrulhando nossos toscos presentes de Natal em velhas folhas de papel colorido que minha mãe guardava durante o ano debaixo do colchão, e tentando ajeitar os pacotes sob um ridículo pinheirinho enterrado num balde, com econômicos chumaços de algodão aqui e ali imitando neve, enquanto morríamos de calor. Depois, cantávamos hinos em volta da mesa preparada por minha mãe, comíamos até nos empanturrar e dávamos risadas contidas dentro de nossas fatiotas de Natal, que serviam também para os aniversários. Tudo aquilo era uma obrigação que meu pai e nós cumpríamos à falta de coisa melhor. Porque meu pai era um homem substancialmente triste. O Paraíso estava em outra parte, possivelmente no Céu, depois que ele morresse; enquanto isso, ele ia cumprindo a seu modo aquelas providências sem importância, mas que tinham de ser tomadas. Uma dessas providências era nos fazer carinho, de tempos em tempos — e essa é outra lembrança forte, a daquelas mãos quase do tamanho da minha cabeça, metendo os dedos nos meus cabelos numa intenção suave. Ou então nos levando, a mim e as minhas duas irmãs, numa venda da esquina, onde comprava balas de hortelã e as distribuía com um rigor salomônico. Outra lembrança precoce das mãos do meu pai corresponde às sovas que levei. Foram poucas, mas graníticas. Nunca sovas, digamos, descabeladas; eram antes metódicas, de correta medida e funda intensidade. Batia-me nas coxas, e não no traseiro, de modo que eu passava horas com aquelas manchas vermelhas logo abaixo da bainha das calças curtas, a cada vez que eu quebrava um vidro, furava a cerca das galinhas ou me recusava a tomar banho. Certa vez me pegou em flagrante no galpão dos fundos, onde eu e uma vizinha tirávamos a roupa. Nesta surra, percebi um brilho no velho, uma satisfação especial por me punir, como se agora, agora sim suas obrigações terrestres tivessem verdadeiramente uma utilidade.

Aprendi cedo que devia chorar logo na primeira decepada. Se, por teimosia ou teste, mordesse a língua e não gritasse, os tapas cresciam, em velocidade e fúria até o insuportável — e mesmo depois que eu saía trôpego com as pernas queimadas, o olho do velho me perseguia, tenso, como a tentar descobrir a menor sombra de deboche ou desrespeito, quando então (experimentei uma única vez) o mundo vinha abaixo com uma sanha autenticamente assassina.

Em pouco tempo, lá pelos sete ou oito anos, eu dominava com perfeição todos os mecanismos do meu pai, como se precocemente já lhe tivesse descoberto a programação da vida inteira. Sabia que a este estímulo correspondia àquela resposta, que a tal atitude vinha tal observação, que se eu mastigasse com a boca aberta ele largaria os talheres e ficaria me olhando. Era um jogo — um jogo viciado. Conseguia prever até suas palavras, a cada vez que o vizinho batia na mulher — *que Deus o perdoe* — ou que o bêbado da vila descia a rua em zigue-zague, com um batalhão de crianças xingando atrás — *o que esse vagabundo precisa é de trabalho.* Eram resmungos sem peso, uma reza mecânica. Previa o jeito com que ele abria o jornal, balançando a cabeça, contrariado, aqueles pulhas, os outros, o mundo inteiro lhe usurpava a existência, ou como beijava minha mãe quando chegava a casa — um beijo resvalado, oco e pleno de angústia.

Apesar de toda a minha habilidade, uma pergunta ficou para sempre sem resposta: como agradar meu pai? Quando comecei a frequentar a escola, já sabendo ler e escrever melhor que minhas irmãs mais velhas, e, claro, melhor que a minha mãe, que nunca soube assinar o nome, exceto quando ia votar nos eternos candidatos derrotados do meu pai, achei que minha oportunidade tinha chegado. Em pouco tempo eu já conseguia ler livros de capa dura, praticamente sem desenhos, e debulhava as *Seleções* que chegavam pelo correio. E havia os cadernos cheios de exercícios para colorir, princesa escrito com *s*, pôr do sol com acento, que eu ia preenchendo pensando nele. Mas meu pai sempre dava um jeito de não gostar — isso quando não ia reclamar da professora, uma normalista dentuça e assustada, maior rigor no ensino. De maneira que pelos dez anos eu continuava lutando por descobrir qual a programação do velho nesse aspecto: como agradá-lo?

Não desisti. Foi um estudo cheio de vaivéns. Passei por uma rápida fase de desafio: ele que fosse plantar batatas, que eu seria dono do meu nariz. Mas uma sucessão de surras dramáticas ao longo de uma semana em guerra me obrigou a mudar de tática. A mão do velho era pesada e impiedosa como a mão de Deus. Que diferença dos tapas e beliscões da minha mãe, que eu levava só por esporte!

Adotei uma tática — aliás, pela vida afora — que se não resolveu de todo pelo menos me deu uma trégua: mentir. Clara dirá, com seu sorriso ainda tímido, que ela também conta mentiras, que todo mundo mente uma vez ou outra, mas comigo a coisa se tornou uma arte, uma técnica sofisticada de caprichosa elaboração. Das mentiras ingênuas, em que eu relatava o heroísmo com que expulsara cachorros medonhos da horta, ou uma matança de ratos a pauladas, para depois enterrá-los longe da casa de modo a evitar o mau cheiro e, digamos, a peste bubônica — uma vez cheguei a enfrentar um ladrão de madrugada, quando todos dormiam (ó só o corte que ele me fez no braço!) —, dessas lorotas primárias que me valiam gargalhadas do velho, portanto me levavam ao ridículo, passei a outras, mais sutis, frequentemente preparadas com dois, três dias de antecedência, no início apenas para chamar a atenção, depois para complicar a vida das minhas irmãs. O dia em que elas levassem uma surra eu poderia morrer, feliz da vida. Já havia tentado bater nelas por conta própria, mas o troco era diabólico — *elas* eram diabólicas, um milhão de vezes melhores que eu para conseguir seus objetivos mesquinhos e egoístas.

Com a técnica das mentiras, cada vez mais elaboradas, cuidadosas, paralelamente a um crescente domínio das expressões faciais, de um teatro discreto e convincente, consegui chegar a um estágio de convivência pacífica com meu pai —

mas nunca *agradá-lo*. Pelo menos nunca agradá-lo em cheio, assim, de romper os muros e fazer feliz. Até hoje me persegue a dúvida se a falha da programação era dele — ou minha. Ou talvez isso não faça parte da programação de ninguém. Quem sabe eu descubra um meio de perguntar a Clara o que ela pensa, sem que ela perceba que desejo agradá-la. Agradar é um dom errático, e o fracasso gera culpa.

A culpa foi outro Deus poderoso da minha infância, e me arrastou até há pouco. Não sei ainda se me livrei dela. Já percebi que toda Moral, fonte de suplícios, vem de fora, portanto não nos diz respeito. Colocado nestes termos, parece simples — mas é tão inútil quanto incorreto: os outros me atravessam. Na verdade, os crucifixos não me punham medo ou culpa — havia um em cada parede, talvez aí o erro deles. O que me punha medo, na solidão daquela idade incompleta, era uma fotografia de moldura oval na parede da sala. Clara talvez conheça essas fotografias azuladas, com frisos dourados, de um mau gosto ultrajante e patético, que famílias humildes põem na parede com um casal de colonos — o pai de terno escuro, provavelmente com a bainha a dois palmos do sapato, se a foto chegasse lá, e a mãe com uma blusa de flores fechando o pescoço sem perspectiva, ambos propriamente sem rosto, apenas manchas rosadas, um batom grosseiro nos lábios, sobrancelhas corrigidas pelo fotógrafo com um lápis sem ponta, olhares mortiços e uma expressão completa de condenados, para sempre, tristes, tristíssimos, posudos e ridículos naquele instantâneo planejado, naquela velhice premeditada — ambos olhando não para nós, mas para a frente, onde não há coisa alguma. Ali estavam meu pai e minha mãe na janela oval e dourada, com um azul-claro ao fundo, tão artificial que não se encontrava em lugar algum da natureza. Não tinham nem criavam rugas. Atravessaram a minha infância de ponta a ponta sem gestos nem criação — apenas aquela dureza suspensa, absurda, irreal, aqueles dois seres celestes que minha mãe fazia questão de lustrar todos os dias, feito santos de igreja.

Pois me punham medo. Aquela fotografia — melhor dizendo, pintura — foi minha primeira Moral. Sempre que passava na sala, olhava para Eles. Pelo menos uma vez me lembro perfeitamente de lhes ter falado, mas durou pouco essa reza, de qualquer modo às avessas: a ladainha era contra o santo. Não sei bem o quanto minha detalhada aversão à fotografia dos velhos é uma coisa recente, mas não importa; se o método é de hoje, as premissas já estavam lá, me desafiando. Havia na foto um traço que era a sua marca primeira e maior: a pobreza. Meus pais eram pobres, e esta verdade estava escancarada na parede: uma pobreza triste, completa e eterna. Pobres para sempre, como havia as histórias dos felizes para sempre.

Vendo daqui, uma pobreza relativamente abastada, mas eu era criança e comparava coisas, e é comparando que se aprende. A cidade crescia, a era do desenvolvimento chegava, carros, geladeiras, a construção de Brasília, o mundo inteiro efervescendo, e meu pai na mesma, sempre, um bloco de pedra exposto ao tempo. *Jamais* seria rico — e eu folheava *O Cruzeiro*, já nos meus quinze anos, percebendo que estava condenado. A foto continuava na parede da sala, aquela velheira congelada, e os automóveis invadindo o mundo, arranha-céus em São Paulo, aviões por toda parte, asfalto — e eu perdendo tudo aquilo, indo à missa aos domingos, depenando galinhas, pondo bosta na horta, suportando o mau humor de todos. O que eu ia ser na vida? Nada, e meu pai já sabia disso, com algum espanto. Eu já havia fugido de casa umas duas ou três vezes, e levado as surras correspondentes, mas o velho perdia a batalha, embora aumentasse a fúria.

A fúria dele era contra mim e contra o mundo, cada vez mais. Daí, quem sabe, a pressa em morrer: penso que o ataque que o matou foi uma espécie rara de suicídio. Ele não estava programado, entre outras coisas, para viver neste mundo — a transformação era letal. Lembro-me da chegada do fogão a gás; minha irmã foi quem acendeu a chama pela primeira vez, mas a velha continuou usando o fogão a lenha, até que eu me recusei definitivamente a cortar lenha. A geladeira demorou mais: não seria bom para a saúde aquele ar frio no rosto a cada vez que se abrisse a porta. Para comprá-la — e a eletrola, e a enceradeira, e o exaustor, e a batedeira, e o liquidificador —, o velho teve de vender os fundos do terreno, em fatias, que ele estava cada vez mais pobre, no aguardo de uma aposentadoria mesquinha de mestre-escola sem diploma, e já sem aulas, carimbando papéis na secretaria enquanto jovens lépidos e formados na capital enchiam um já portentoso Instituto de Educação.

Isso foi no final dos anos 50, até onde chegou o fôlego do velho. A cidade, de que ele era quase um fundador, esparramava-se, entroncamento de estradas no miolo do Estado, enquanto seu terreno encolhia, e o dinheiro, e a comida, e a esperança. Depois de tanto, via-se empobrecer de tudo, até de filhos, porque bastava olhar para mim e ver que eu não daria em nada. Quanto às filhas — bem, as filhas já não servem para nada pela própria natureza. Imagino meu pai entrando no Céu — porque se Deus existe, meu pai está lá, a seu lado, tomando cafezinho e lendo jornais antiquíssimos —, entrando já irritado pela demora em liberarem seu passe, e depois sorrindo contrafeito àquela procissão de anjinhos idiotas e afeminados. Com certeza meu pai já botou defeito no Paraíso, já amarrou a cara para Jesus Cristo — lá eu preciso d'Ele? —, azedou-se com a Virgem Maria, certo de que mais uma vez foi enganado, e sentindo a pior das angústias, a da *eternidade*: melhor teria sido *morrer mesmo*, não ir para lugar algum, o Céu é um embuste, e meu pai lá, definitivamente sem salvação. Meu pai morreu numa súbita madrugada. Pela manhã, lá estava ele de olhos abertos, olhando para o teto. Foi um amanhecer sinistro, não pelo velho, mas por nós. Minha mãe não fez café nem pôs a mesa, como todas as manhãs, a primeira vez em cinquenta anos, suponho. Eu e minhas irmãs já estávamos prontos para a escola, mas havia alguma coisa errada. A velha saiu do quarto, sem falar nem chorar. Toda a sua apatia concentrou-se naquele momento, num torpor completo. Entrei no quarto, desconfiado. Ali estava meu pai, olhando o teto sem ver nada, as mãos cruzadas no peito, como quem reza.

— Pai.

Estendi a mão, para conferir o que eu já sabia. O braço dele, o rosto, a testa estavam frios, mas não me assustei. Minhas irmãs se agarraram em mim, como quem vê um museu de cera e sente medo. Ninguém chorou. Não havia dor, nesse primeiro instante. Era um vazio que se apoderava de mim, de nós, da casa inteira, em um segundo — *e para sempre.*

No dia seguinte eu teria feito dezesseis anos de idade. Nunca os fiz — até hoje carrego comigo esse aniversário fantasma. Clara talvez veja aí a raiz das minhas culpas e dos meus crimes, mas não estou inclinado a aceitar essa mecânica simples. Mesmo porque, num certo sentido, a morte de meu pai foi *providencial*, não como uma coisa boa em si, mas porque desencadeou os favores da Providência, e é sempre perigoso rejeitá-los. Jamais direi isso a Clara, mas a verdade é que senti *alívio*. Para um filho difusamente revoltado, um pai morto não é tão terrível assim, se olhamos bem de longe, como agora. A Grande Fuga já estava muito próxima — e mais ainda com a chegada de um parente do Sul, que acelerou as coisas.

O Parente desembarcou em casa como um conquistador vitorioso, piedoso e sádico ao mesmo tempo — e com um toque de abutre. Minha mãe entregou-se: que Ele tomasse todas as providências, cuidasse do funeral, das dívidas, dos recebimentos, das procurações, da suposta herança, de nós todos; e o Parente nos fuzilava, ponderando, com um olhar de rapina, quanto valíamos, magros e ossudos assim. Minhas irmãs rodearam a velha, baratas em pânico; eu andava de um lado para outro, com pressa. Ninguém se lembrava dos meus dezesseis anos, não havia presentes nem cumprimentos, só fantasmas pelos cantos. E as visitas: levas e levas de curiosos, de olhos compridos, de falsa consternação — todos querendo ver o tamanho exato da nossa desgraça e da nossa pobreza. A pobreza, principalmente a pobreza era o terror: eu já via (não sei se com esses olhos de agora) as teias de aranha, os remendos, as telhas quebradas, a porta caindo, o pó — eu via a pobreza avançando vorazmente casa adentro, sob o império do Parente, do Favor, do Auxílio e do Graças a Deus.

Foi uma bela comunhão com o meu pai, com o meu pai morto: a independência feroz. Para fugir — fugir era a obsessão totalizante, fugir, fugir o quanto antes —, para fugir eu precisava de dinheiro. Furtei a carteira recheada do Parente, deixada sem previdência no bolso de um casaco pendurado na sala, ao alcance até do braço do meu pai, separei as notas e joguei fora o resto, os documentos, as fotos 3x4, os endereços, tudo que ainda pudesse ser útil ao dono. Joguei fora *mesmo:* parte no fogo, parte enterrada no quintal, junto ao chiqueiro, com a força de um vodu. Em seguida, pensei em retalhar as roupas do Parente com um canivete, mas aí premeditou-se o bom senso, uma prova de que já maduravam minhas técnicas de sobrevivência. Quanto mais tempo se demorasse para relacionar o furto com o maldito guri, tanto melhor para mim, que fugia sossegado.

Já estava vestido com roupas razoavelmente decentes, de velório. Enchi uma pequena sacola com algumas peças ao acaso, mais a escova de dentes, a caneta Compactor, um bloco de cartas — um dia escreveria uma epístola comovente à família inteira, de onde eles não pudessem me arrancar —, alguns exemplares de *Seleções, Miguel Strogoff,* de Júlio Verne, um canivete, uma pilha de figurinhas. E tive a centelha de abrir a gavetinha de documentos de meu pai e tirar minha certidão de nascimento, já meio rota, e meu boletim de ginásio completo, com o segundo ano repetido. Não olhei para trás.

Foi uma caricatura de adulto que se encostou no balcão da rodoviária e comprou uma passagem para Curitiba, rodeado de desconhecidos, caipiras de chapéu de palha, mulheres com sacos e crianças, mau cheiro e pobreza. Nem precisava sentir o medo que senti: ninguém me reconheceria, ninguém me levaria pelas orelhas de volta ao ninho, a cidade inteira fiscalizava meu pai. Passagem na mão, entrei no velho ônibus, dos antigos, de motor para fora como focinho de cachorro, e de repente comecei a tremer, controlando a custo o meu pânico: eram coisas demais ao mesmo tempo, meus dezesseis anos, a morte, o Parente, minha mãe, o roubo, a fuga, principalmente a fuga, como quem não para de cair num poço, lutando para me convencer de que *tudo já estava resolvido*, de que eu havia saltado definitivamente para o outro lado da vida, qualquer que fosse. Mas além do terror metafísico, de que não nos livramos nunca, havia o desconforto das miudezas: e se me agarrassem?, e se o Parente interceptasse o ônibus?, e se...

Mas o Destino me ajudou, caprichoso. Não só não aconteceu nada do que eu temia (e talvez *desejasse*), como Deus me deu algo que eu jamais poderia esperar: uma mulher. Não *uma* mulher; Deus me deu *a mulher*, a mais linda, exuberante, luminosa e extraordinária mulher que meus olhos já haviam visto. Daquelas, *de revista*. Bem, eu quero transmitir a Clara a exata sensação que me tomou a alma quando sentei na poltrona 28 e olhei para o lado, para o *meu* lado. A sensação; não, digamos, a "realidade". Para a minha infância, tratava-se de uma deusa, vislumbrada em meio ao espanto da fuga — e talvez meus olhos grudassem nela não tanto pela sua beleza, mas como um gancho que o alpinista joga para escapar do abismo. E ela era *perfumada*! Ela usava um batom vermelho-sangue nos lábios — e os lábios eram belos! E tinha traços negros acompanhando as linhas dos olhos, e sombras esverdeadas. E uma fita no cabelo, e um decote que era um vale de suavidade e aroma, onde se erguiam as maçãs e as romãs e o néctar da Bíblia de tudo que era proibido na minha infância! Não vou falar dos joelhos, porque tive medo de olhar — mas quando olhei, desci até o sapato, seguramente de cristal, guardando um pé que era um mimo. E as mãos! Havia joias naqueles dedos longos, ouro, prata, diamantes, e as unhas eram um prolongamento dos lábios, vermelhas, brilhantes, úmidas!

Ainda isso: ela era *rica*! Era a primeira mulher rica que eu via na vida! Viajaríamos, lado a lado, até Curitiba, quem sabe!? Me encolhi na poltrona, com vergonha de tocar a deusa, e uma ponta de alegria começou a derrotar o meu medo. Aquilo era apenas uma amostra do que eu iria viver, imaginava eu, sem nenhum exagero. Porque logo em seguida senti a palma da mão (e o perfume) na minha testa:

— O que você tem, menino? Febre?

Um único defeito: apesar dos dentes branquíssimos (os da frente um tiquinho afastados), falava alto demais, de modo que os outros passageiros, acomodando-se em volta, pararam para me olhar — e a ela, naturalmente. Fiquei vermelhíssimo:

— Não, nada... eu...

E ela sorriu. Então ficou me olhando, com o sorriso nos lábios, como quem investiga um presente. Eu não despreguei os olhos, tentando sorrir também, mas o formigamento me comia o rosto, a vergonha logo se transformando em sentimento do ridículo e do errado, haveria uma multidão nos fitando, e ela nem um pouco incomodada se nos vigiavam ou não, ela era *superior*, ela não estava fugindo nem tinha vergonha de nada, era rica, bonita e falava alto para que todos ouvissem, e eu rezando para que ela não chamasse a atenção, encolhendome, até que o motorista ligou o motor barulhento do ônibus, que me protegeu. O ônibus manobrou (gente se despedindo, braços esticados, sorrisos, recomendações de última hora, eu encolhido), engatou a primeira e foi embora: *para sempre,* suspirei. Voltei os olhos à deusa, e ela continuava me olhando, exatamente como antes — todo o tempo com os olhos em mim, sorriso nos lábios, prestes a descobrir tudo (e a descoberta era boa). Ela foi baixando a cabeça, em minha direção, e eu tremi: ela iria me beijar, ela iria me beijar na boca! Mas se tratava de uma pergunta, ou já uma afirmação, delicada, em voz baixa agora:

— Você está sozinho!?

Fiz que sim. E ela continuava sorrindo, com aqueles olhos negros. Começou ali nossa cumplicidade, quando ela baixou a voz para me falar: adivinhava meu temor. Ajeitei-me na poltrona, um pouco mais descansado, vendo correr pela janela minha infância inteira. O monumental perigo da fuga já não era tanto; cruzei as pernas, à moda adulta, mãos prendendo o tornozelo, fingindo tranquilidade. Sempre fingindo, escarafunchei minha sacola atrás da *Seleções:* ler no ônibus, sobrancelhas apertadas, ar compenetrado, seria uma boa pose. Mas onde botar a sacola de volta?, no chão?, no colo?, no bagageiro?

— Me dê aqui que eu guardo — cochichou a deusa, que sabia tudo o que eu pensava.

Antes que eu respondesse, ela já pendurava a sacola aberta ao lado de sua bolsa, no trinco da janela, investigando disfarçadamente o conteúdo. Fiquei quieto, satisfeito — é claro que ela já sabia tudo da minha fuga —, e comecei a folhear a revista. FUGINDO DA RÚSSIA. Na gravura, um homem em trapos tentava escalar uma cerca de arame farpado, o rosto em desespero; ao fundo, soldados fantasmagóricos apontavam metralhadoras. *A extraordinária aventura de um homem que conseguiu fugir da Cortina de Ferro.* Tranquei a respiração, fiquei estranhamente comovido. Eu estava em busca de algo para chorar, a garganta ansiosa. Quem sabe um dia eles publicassem ali a minha fuga do inferno, com as mãos espetadas no arame e as metralhadoras pelas costas? Mas eu só via a fotografia oval do meu pai e da minha mãe, a velhíssima pintura dos meus horrores. O velho e a velha me olhavam das páginas da revista, com aquele olhar congelado, um olhar *para sempre*. Agora meu pai estava morto, deitado na sala, talvez no chão. Pisariam nele? Passavam arame em volta, galinhas soltas, o Parente arrancando as portas, vendendo as camas, quebrando as telhas, matando os porcos, aquela criançada toda jogando pedras, com as bandeirinhas vermelhas. Meu pai não tinha conseguido fugir de casa, esticava o braço para alcançar o casaco do Parente com o dinheiro, mas estava morto. *Para sempre*. Era preciso dar um tiro de misericórdia no meu pai, voltar e dar um último tiro de misericórdia, a pior coisa é não morrer por completo, *ele não tinha mais condições de fugir. A perna quebrada, o talho no rosto. "Por favor", ele dizia, "não me deixe vivo..." Logo uma rajada de metralhadoras jogou-o ao chão. Corri com todas as minhas forças, enquanto tremulavam ao longe as bandeiras vermelhas e se erguia, medonho, o urro da multidão ensandecida.*

— Quer?

Era uma maçã verde, das caseiras, de fundo de quintal, e brilhava nas mãos da minha Rainha. Eu deveria dizer "não, obrigado", como me ensinaram, mas fui rude:

— Não.

— Não mesmo?

Sacudi a cabeça, recuando — a maçã estava a um palmo da minha boca. Ela deu uma lenta, caprichada e saborosa mordida na maçã, e arregalou os olhos para mim, numa careta bem-humorada. Esmagado pela timidez, meti furiosamente os olhos na história, escondendo-me da fuga naquela fuga de assombro. *Consegui me arrastar até a cabana, enquanto a noite descia como um pesadelo sem retorno. Talvez morresse ali, e já começava a me habituar com a ideia de uma morte lenta.* O *ferimento sangrava abundantemente, e eram inúteis todos os meus esforços para estancá-lo. Consegui abrir a porta, que mais parecia uma tábua em ruína, com um cartaz roto onde brilhavam as pontas de uma foice e de um martelo, e engatinhei para dentro como quem cai num poço negro. Senti a serragem no chão e, num reflexo, cobri meu peito ensanguentado com ela, como se fora um cobertor de pó.* Senti sua mão, suave e quente, no meu joelho:

— Meu nome é Isabela. E o seu?

Fiquei paralisado. Qual é o meu nome? Um ridículo impulso de tirar a certidão de nascimento da minha sacola e mostrar a ela — olhe, é verdade! —, provar que eu tinha um nome, documentos, pai e mãe (pelo menos mãe, que o pai estava morto), e isso o quanto antes, que ela acabaria ficando zangada com a minha demora:

— Bom, se você não quer dizer...

— Juliano.

Por que falar a verdade? Agora eu não tinha mais nenhuma defesa. Voltei imediatamente à leitura, o rosto queimando, nu. *Não se mova, por favor. Eu vou cuidar de você. Meu nome é Nastássia. Não fale. Você está muito fraco. (Ouvíamos cães ao longe, eles chegariam até nós.) Quieto! Tome esse chá que eu vou providenciar gaze e iodo. A fronteira está a duas milhas, mas é inútil tentar hoje. Aqueles cães nojentos devem estar em toda parte. Não precisa dizer. Eu sei quem você é. Os rádios não falam de outra coisa. Mas comigo você está seguro. Aqui, no porão. Venha. Você consegue se arrastar? Com quarenta graus de febre não conseguia me livrar da imagem do compa-nheiro morto. "Por favor, não me deixe vivo." E o som terrível da metralhadora voltava a esmagar seu corpo...*

— É a primeira vez que você vai à capital?

O ônibus atravessava uma sucessão de buracos desconjun-tantes, o que me deu tempo. Para ser amado, eu devia falar, e falar era um risco — e uma entrega. Menti com força dessa vez:

— Não! Já fui umas três vezes.

Quase acrescentei: *Sempre viajo sozinho.* Mas a prudência mordeu o lábio; tatear antes de arriscar. Eu sentia a garganta perigosamente presa.

— Ah, você tem família lá?

Uma cúmplice, pois baixava a voz para que só eu ouvisse e baixava a cabeça também, com a doçura do perfume e a segurança da beleza. Olhei para ela e num relance descobri a *compreensão:* ela desculpava minhas mentiras, ela sabia que eu estava fugindo, ela sabia *tudo. Eu vou cuidar de você. Vou tratar desse ferimento. Por favor, não se mova.*

— Não... eu...

Mordi o lábio, mas inútil: eu já estava chorando. O ódio desse choro, e a vergonha, e a raiva, e a dor, e a luta por não explodir — me encolhi na concha, cobri o rosto e me dobrei sobre Isabela. Cochichei:

— É o meu pai. Ele morreu.

Clara me perdoará a filosofia barata, mas viver é tirar camadas, não acrescentá-las. Assim: de tudo em direção a nada, lentamente. Isabela — o nome perfeito para o ser perfeito — não era tão bela, mas isso só sei agora, quando não tem mais importância. O fato é que fiz a viagem mais extraordinária da minha vida (a única, aliás), grudado na proteção benevolente da minha Rainha. Acabei por lhe comer todas as maçãs, perdida a vergonha; e mais as bolachas, que não eram poucas; e numa das paradas ainda ganhei um pacote de balas, na outra um sanduíche, e na terceira coxinhas de galinha com café, arrematadas com um refrigerante. E teria mais, se quisesse, porque minha protetora era muito rica, mas eu não quis. Fui educado e mentiroso. Exceto pela morte do meu pai, o eixo da verdade, desfiei mentiras de mentirinha, em que o prazer de me tornar outra coisa que não eu mesmo era incontrolável e *doce*. Nada de histórias grosseiras, mas pinceladas sutis aqui e ali que me faziam um personagem de mim mesmo, mentiras que me davam sentido, me lapidavam a alma, quebravam arestas, defeitos e resistências, mentiras que, afinal de contas, melhoravam a espécie humana pelo menos em um exemplar: eu mesmo. De uma coisa estou certo, ainda hoje: *eu estava agradando*, e estar agradando é uma das dádivas mais bonitas da vida. Quem agrada, sabe. Como os mágicos de circo.

De tempos em tempos — entre uma risada e outra, quando ela punha a mão no meu joelho —, Isabela se preocupava, ou fingia se preocupar comigo. Na verdade, o que ela queria era saber, friamente, mais de mim, investigar o outro lado da conversa fiada. Imagino que era um desejo razoável; entre outras razões, porque ela sabia que meus olhos ainda tinham o que chorar, e a qualquer momento, no meio das minhas fantasias, a represa poderia se romper. Cada um jogava seu dado.

— Mas o teu tio não vem te buscar?

— Ah, não! Nem pode. Deixei tudo muito claro: velho, já estou com praticamente dezoito anos, está na hora de me virar. Ele quis me oferecer dinheiro, mas não aceitei. Tinha trabalhado o mês todo na olaria... tem uma olaria lá perto de casa, ó minhas mãos, como que estão de calos, pegar aqueles tijolos quentinhos, trabalheira desgraçada... então eu juntei dinheiro. Não muito, mas dá pro gasto, pra começar a vida na capital.

— E o teu tio, o que ele disse?

— Ele... ele chorou.

Quem estava quase chorando era eu, de novo, mas ficou bem aquele choro verdadeiro que me ameaçava e eu controlava no limite da minha arte. Explorei a voz embargada, também verdadeira:

— Ele disse: só espero que você não abandone a família. A família é tudo que a gente tem. Eu falei: que é isso, tio. Vou trabalhar duro, juntar dinheiro e dar uma mão pra todos vocês. Minha mãe, principalmente.

Isso nunca tinha me passado pela cabeça, mas me pareceu, assim, no inopinado da mentira, uma ideia nobre. E eu estava com os olhos molhados, o que me tornava mais verossímil ainda. Debruço-me sobre aquela viagem fantástica, de dez horas, através das quais, além dos buracos e das paradas e dos passageiros que subiam e desciam, vivi concentradamente um leque de sensações que ia do pânico mais trêmulo à paz do cochilo, quando eu sonhava (sonhei *mesmo!*, é verdade, Clara!) com uma princesa de tranças me murmurando juras de amor tiradas diretamente dos meus livros de aventuras, de piratas, dos filmes da minha breve infância. Eu era o idiota mais feliz da face da Terra.

Mas, de repente, anoiteceu, e o meu fim se aproximava. Eu queria que a viagem não terminasse nunca; que o motorista ficasse louco e mudasse o rumo, fosse para o Nórte, para o Grand Canyon, desse a volta nos montes Urais, contornando o mar Morto, onde nada afunda, e que fosse à Austrália visitar os cangurus, e que atravessasse o Pacífico na expedição Kon-Tiki, e que todas as noites eu dormisse no colo da Rainha Protetora, ao lado de sua cesta cheia de maçãs verdes; e que eu continuasse pela eternidade contando minhas mentiras de brincadeira, e que ela continuasse acreditando nelas, e me fazendo perguntas inocentes. Eu queria, mas o fim implacável se aproximava.

— Eu sei ler a mão. Quer que eu leia a tua?

A resposta já estava engatilhada, se ela perguntasse: na olaria eu trabalhava com luvas grossas, daí essa pele lisinha.

— No escuro?

— É só *sentir* as linhas, seu bobo. Essa não, a outra.

Ela *nunca* me perguntava nada com a intenção de me pegar. Ela não era mesquinha. Por mais descabelada que fosse a mentira — em momentos, no entusiasmo, confesso que exagerava —, Isabela apenas sorria, ou confirmava, ou mudava de assunto, ou entrava no jogo, ou, muito frequentemente, tirava seu lenço perfumado da bolsa: *Você está suando, Juliano.*

— Relaxe os dedos. Solte a mão. Assim.

Ela me estudava. Não a mão, é claro, de que ela não entendia nada, muito menos no escuro, mas estudava a mim, por inteiro. Eu valeria a pena?

— O que você sabe fazer, Juliano? Digo, para trabalhar.

Estufei o peito.

— Um pouco de tudo.

— Sabe datilografia?

Lembrei da máquina negra na secretaria da escola. Uma vez, sorrateiro, entrei lá para testá-la, e saí pendurado pela orelha, pés sacudindo no ar.

— É claro.

— Você estudou?

— Ginásio completo.

Era a mais cristalina verdade, ainda que eu omitisse o ano repetido. Eu senti que Isabela desta vez acreditou.

— Estudou mais do que eu.

Era a primeira informação que eu recebia dela, além do nome, mas não me decepcionei; confirmava as previsões. Meu pai dizia: quem é pobre precisa estudar. Ora, ela era rica.

— E você pretende fazer o quê, chegando em Curitiba?

— Vou para um hotel — arrotei, posudo, mergulhando subitamente no medo: o que eu faria ao chegar?

Mesmo no escuro eu podia sentir os olhos de Isabela me pesando. Eu estava em exposição: era pegar ou largar. Mas agora, na escuridão do medo, por mais que eu me esforçasse para lustrar a mercadoria — isto é, eu mesmo —, não conseguia me convencer da minha utilidade. Um oco no estômago: meu pai tinha razão, eu não servia para nada, além de contar mentiras. Mas quem estaria interessado num contador de mentiras? Duas perguntas com ponta e eu iria ao chão, reduzido ao vexame, ao ridículo, à gargalhada. *Um contador de mentiras.* Senhoras e senhores, eis um autêntico, legítimo, verdadeiro contador de mentiras! Adapta-se a qualquer situação! Tem sempre uma lorota na ponta da língua! Inventa qualquer história em questão de segundos! Leva todo mundo na conversa! Extra! O mais extraordinário contador de mentiras que... e súbito eu não podia ver mais nada em mim senão a mentira. (Clara me entenderá: isso foi naquele tempo.)

— Mão molhada, Juliano.

— Isso quer dizer alguma coisa?

A quiromante sorriu:

— Calor...

Senti unhas na minha palma. Arrepio: como se vai a um hotel?, como é um hotel?

— Você vai viver muito.

Isso ainda não estava no rol das minhas preocupações. As unhas agora se detiveram numa encruzilhada.

— Há um acidente aqui — e ela silenciou.

Silenciamos ambos, eu tentando entrar em um hotel, ela na encruzilhada da minha mão, enquanto o ônibus sacolejava. Já havia um espírito de fim de linha no ar, fileiras de luzes, euforia nos passageiros, finalmente Curitiba — e a espada do Juízo Final espetava-me a garganta, de modo que eu não podia me mover sem me ferir. Fui dobrando meus dedos úmidos sobre a mão de Isabela, apertando lentamente aquele breve calor, e se ela soubesse mesmo ler a mão perceberia que eu estava pedindo socorro.

Hoje, só hoje, poderia dizer a Clara: algumas escravidões começam assim. Mas isso provavelmente é outra mentira.

O susto não me deixava contemplar a cidade iluminada que crescia a cada minuto. Não larguei a mão de Isabela, mentindo em segredo: *Senhor Deus, fazei com que...* — e Deus tinha o rosto do meu pai, na fotografia da parede, me olhando já morto. Meus dedos eram um terror vivo, crispado, nas mãos em concha de Isabela.

— Estamos chegando, Juliano.

Fiquei em silêncio, apegado ferozmente à catedral das minhas mentiras, incapaz de romper a inércia que me esmagava. Sem respirar, vi Isabela ajeitando suas coisas, percebi que todos se moviam felizes no ônibus, já com as luzes acesas, que havia uma agitação aliviada de fim de viagem, que todos tinham um projeto na vida, uma intimidade à espera — e me aferrei, teimoso ao meu quarto, à velha caixa de papelão debaixo da cama, cheia de quinquilharias carinhosas. Entrei no galpão da minha infância como um rei deposto, um pirata foragido, um malfeitor cheio de dignidade, com uma biografia secreta. Afinal, eu estava *vivendo*, mas justo agora toda a minha grandeza se reduzia a uma covardia oca. Duro, teimoso, obtuso; e os olhos arregalados à espera de um milagre. Como se entra em um hotel? Como se paga um hotel? Como se pede um emprego? O que é que eu sei fazer?

Atordoado na estação, subitamente protegido pela mão firme de Isabela, vi a face sorridente de Rude, o vi estender suas mãos peludas para Isabela, abraçá-la desajeitado, trocando beijos:

— E então?

— Tudo acertado. Elas vêm.

Eu praticamente via a bengala, a cartola, a casaca, a barriga desse personagem de Dickens — e não gostei, pressentindo que meu império, de algum modo assegurado pela mão firme de Isabela, o meu império desmoronava. Rude me avaliou em silêncio, uma pergunta de sobrancelhas.

— É o Juliano, meu sobrinho. Vai ficar comigo. Você pega a bagagem?

Ele fez que sim, sorriu, ainda me olhando corroído pela dúvida, enquanto eu triunfava aliviado. Isabela, além de todas as qualidades de Rainha, ainda sabia mentir! Alívio, doce alívio. Acabávamos de firmar um pacto secreto, e o nosso inimigo — Lorde Rude? — arrastava as malas pesadas com os tesouros de Isabela através da multidão aflita. Quase que eu ficava para trás, caipira boquiaberto no espanto da cidade onde literalmente tudo era novo, até mesmo o bater saboroso do meu coração, se Isabela — altaneira, belíssima — não me chamasse:

— Venha logo, Juliano!

*Para a carruagem*, imaginei, correndo atrás. Havia mendigos, sujeira, mau cheiro, uma luz amarelada, mortiça, vendedores, fumaça, vapores na velha estação de trem, *onde Oliver Twist se ocultava de seus algozes*. Mas eu, eu estava livre daquele inferno: não seria vendido ao orfanato nem enforcado como Pinóquio num galho de árvore — eu tinha a proteção de Isabela.

A carruagem era um imponente táxi negro, em cuja traseira Lorde Rude ajeitava a bagagem, com o auxílio de um lacaio. Fascinei-me pela palavra mágica, luminosa sobre o carro — TÁXI —, até que de novo minha protetora me chamasse, agora para me aninhar no assento estofado de trás, ao seu lado e sob seu perfume, enquanto Rude, cigarro aceso, se aboletava à frente:

— Riachuelo.

A batalha de Riachuelo, devia ser. Durante o percurso, não vi nem ouvi outra coisa senão a capelinha no painel do carro, que de tempos em tempos fazia craque — e mudava um número. Quando o carro parou numa rua estreita, um ou outro lampião aceso friamente na neblina carregada, uma risada longínqua, eu batia o queixo.

— Meu Deus, esse menino está com febre!

Lembro de sua asa me protegendo, enquanto subíamos a escada estreita, negra e rangente em direção a uma boca luminosa cheia de risadas, cadeiras e cumprimentos, e depois a uma outra escada circular, um breve caracol até a última porta, uma pequena escuridão que se abriu, cortada por uma luz que descia abrupta de um buraco do teto. O perfume se afastou e eu estava pronto para cair quando a luz se fez: havia uma imensa cama com um dossel vermelho, erguida como um altar, e quando me deitei, afundando em um colchão que me absorvia macio e lento, ventosas espumantes, vi uma penteadeira com seu espelho oval e seus vidrinhos, e uma outra porta, mais baixa, e acima o veludo vermelho caindo em pontas e franjas e pompons envelhecidos e rotos, e à frente o perfil das duas águas do teto — eu estava no extremo da pirâmide.

A porta se abriu de novo e, uma trovoada, Lorde Rude entrou bufando, sacudindo o sótão inteiro. No claro-escuro da dança de sombras ele enxugou o suor e acusou, um espanto irritadiço:

— O menino vai ficar aqui!?

Senti o perfume se aproximando, o rosto de Isabela envelhecido pelas sombras, e, ainda antes de um novo medo, senti a mão gelada na testa. Ela declarou, com a simplicidade autoritária dos que realmente mandam:

— Vai.

Isabela voltou-se — umas cinco ou seis mulheres rodeavam a cama do falso príncipe numa ansiedade divertida, como quem ganha um mistério — e ordenou:

— Débora, traga leite. E um sanduíche reforçado.

Débora correu com uma alegria de borboleta, esbarrando no homem seco que entrava, passos duros:

— Ele vai ficar aqui. Porque para casa não volta mais.

Ergui a cabeça, aflito:

— Pai?

— Calma, menino. Sossegue. Já vai passar.

Batendo os dentes, vi o velho puxar a única cadeira do quarto e me velar como um sacerdote endurecido pela morte. Ninguém olhava para ele — e a cada tentativa minha de levantar a cabeça, Isabela me empurrava docemente para o travesseiro.

— Sossegue, Juliano.

— Quem é? — As coxas do vulto quase tocavam o nariz impassível de meu pai.

— Meu sobrinho.

— Então você resolveu fugir mais uma vez.

A voz dele era pedra — tranquilamente dura. Ele ficou me olhando nos olhos, em silêncio. Vi a sombra de outra mulher se curvando sobre a cama, e temi que meu pai percebesse aqueles peitos quase à mostra. Fiz um sinal agoniado para que ela se afastasse, e ouvi a risada:

— Ele está branco!

— Já passa, Juliano. Calma.

— Depois falamos — era a voz de Rude agora, e em seguida o eco de seus passos curtos e irritados descendo a escada.

Meu pai cruzou as pernas, como se fosse ler o jornal. Estava com sua roupa lustrosa de defunto, a mesma da sala, o sapato negro desajeitado, cobrindo os ossos do pé, e eu lhe via os pelos da canela. Propus uma trégua:

— Quer jogar o jogo da velha?

Uma lembrança da infância — eu perdia sempre. Mas isso fazia muito tempo.

— Você roubou dinheiro do seu tio.

O certo era que ele me batesse com a mão cheia de calos. Mas ele não se movia, mãos pousadas suavemente sobre o joelho.

— Eu... eu vou...

— Quieto, Juliano. Tome esse comprimido com leite.

Obedeci, olhando meu pai de viés. Talvez ele aprovasse minha obediência. Mas aqui eram outras as preocupações dele.

— É uma pena. Você nunca vai ser nada na vida. Você é um covarde, e por isso mente. E a mentira te dá medo, que aumenta a covardia.

Olhou em volta, numa fria avaliação. Ele não estava vendo ninguém, só as coisas, os cantos, o forro do teto, a qualidade do assoalho.

— Você trouxe balas de hortelã?

Era uma doce esperança. Eu sabia que ele estava com os bolsos cheios de balas de hortelã, mas era preciso que eu as merecesse. Alguém deu uma risada comprida, e eu pedi silêncio — assim estragavam tudo.

— Coma esse sanduíche, Juliano.

— Ele quer balas de hortelã! — E outra risada, mais carinhosa desta vez, como quem se apieda de um retardado.

Mas meu pai só prestava atenção nele mesmo:

— Tua mãe está sozinha, e vai perder tudo que eu construí. Tuas irmãs são idiotas. — Agora eu sorri, deliciado. — Isso eu já sabia. Era de você que eu esperava coisa melhor.

Balançou a cabeça de um lado para outro, num sinal da mais completa desistência. Não há nenhuma esperança sobre a face da Terra. O mal é que ele já está morto. Eu sou somente aquilo que ele viu, e o que ele viu acabou. Uma lâmpada pendurada no teto para todo sempre, com sua luz imóvel, paralisando o que ilumina.

Isabela bateu palmas:

— Vamos, meninas! Descendo!

Eu mastigava o sanduíche por uma penosa obrigação. Tinha algo extraordinariamente importante para dizer ao meu pai, mas não sabia por onde começar. Se eu conseguisse dizer, mudaria o rumo de nossas vidas, como se, num suspiro de alívio, descobríssemos, eu e ele, o portal do Paraíso — mas aquelas palavras tão fáceis não me vinham, eu estava com a boca cheia e assim não se deve falar. Era preciso que ele esperasse um pouco, só mais um pouco. Mas para meu desespero, quando aquela fileira de mulheres seminuas foi saindo porta afora, meu pai se levantou — e sem voltar a cabeça ele levaria para sempre minha imagem congelada.

Quando a porta se fechou, cresceu sobre mim o rosto sorridente de Isabela, retalhado de sombras:

— Está melhor?

Acordei aos dezesseis anos e dois dias com a claridade que desce da claraboia do teto, um facho preciso de luz, como a espada de um anjo, talvez o mesmo anjo que, na gravura da minha infância, protegia duas criancinhas loiras atravessando uma ponte aos pedaços sobre o abismo, em meio a uma tempestade sinistra. Havia mil pontos de pó suspensos naquela luz reta, numa lentíssima dança. Senti a proteção da coberta caseira e, pelo menos naquele instante, nenhum medo, enquanto a manhã se armava, pedaço a pedaço. Era uma proteção provisória mas sólida, aquele colchão macio, aquele sótão apertado — e sorri, remoendo minha aventura, minha liberdade e minha eficiente covardia.

Percebi que estava de pijama. Alguém, Isabela naturalmente, havia me trocado, e o calorão da vergonha foi logo dominado por uma ainda insegura sensação de adulto. Eu tinha uma *mulher*, e alguma coisa dos fantasmas da noite anterior dizia-me que meu mundo agora ia além do permissível, *passava dos limites*, como diria o velho, o que me valeu um curto pânico e um novo orgulho. Que me interessavam os limites? Eu estava livre, era o que supunha. Não sei se Clara concordará, mas para uma criança é apenas a sensação imediata que conta. Naturalmente eu não tinha ideia precisa de coisa alguma e mesmo me recusava a pensar — nem sabia se aquilo era um hotel. Que importava? Ninguém me disse ali que eu era culpado da minha febre. (Quem mandou sair na chuva sem camisa?) O Parente, as surras, a morte eram coisas de um mundo já enterrado. Agora sim, aos dezesseis anos e dois dias, a vida era minha. A cama era confortável, a proteção de Isabela era confortável. Um pouco de calma e o resto viria por si só: Isabela, a mulher mais extraordinariamente bela que eu jamais havia conhecido, Isabela cuidaria de mim. Oliver Twist, João e Maria, Pinóquio, nenhum deles teve a sorte que eu tive. Era a *lady* no promontório a proteger o pirata.

É claro que naqueles minutos de modorra e satisfação porosa as agulhas da culpa ainda me espetavam como faíscas atrasadas; havia algo de errado em tudo aquilo — na fuga, na mulher, na cama com dossel, no meu prazer e na minha febre. Mas eram faíscas. Eu fechava os olhos e sentia prazer; até o medo entremeado conservava sua margem firme de segurança, o toque da emoção e da aventura. Nem me lembrei de Lorde Rude, do interesse escuso, do homem mau, do Stromboli a vender crianças que se transformam em burros. Sequer aventei que posição ele ocupava no Palácio da Rainha, que nem precisava perguntar ao espelho oval qual a mulher mais linda do Reino. Era ela, é claro, minha Isabela.

— Juliano Pereira Pavollini.

Levantei de um golpe a cabeça: instalada na mesma cadeira onde o cadáver de meu pai havia sentado na noite anterior, Isabela remexia minha carteira de documentos e de dinheiro roubado. O frio da traição: iria de volta à Fortaleza do conde de Monte Cristo, acorrentado nos porões do navio sob o olhar de mil ratos. Mas Isabela sorriu, dobrando minha esfarelada certidão de nascimento.

— Já passou a febre?

— Eu estou bem. — Percebi a covardia da minha voz, o tom quase afeminado pela entrega, e repeti, mais duro: — Já estou bem, sim.

A claridade iluminava uma outra Isabela: olheiras, lábios nus, cabelos desfeitos, e um vestido amarelo gritante, sem lugar naquela câmara sombria. Refugiei-me nas cobertas, bicho acuado, à espera — mas era a mesma Isabela, com a voz um tanto rouca:

— Para todos os efeitos, Juliano, você é meu sobrinho.

Era tão perfeito, já estava tão assimilado, que sequer respondi. Ela abriu de novo a certidão.

— Aliás, é até possível que eu seja sua tia. Também sou Pereira, e da mesma região.

E uma risada deliciosa atravessou a minha alma: transgressão, cumplicidade, doçura. Também achei graça, olhos arregalados de prazer, completamente entregue. Toda Isabela era Poder, um poder concedido, reconhecido, endossado e sacralizado. Que diferença! Em silêncio, alimentei meu calor e minha fé. Isabela franziu os olhos — eram cálculos precisos:

— Vamos ver. Sua mãe, Maria, é minha prima em primeiro grau. Talvez seja preciso. E você sabe mentir.

Senti um orgulho inchado.

— Você veio estudar na capital, e eu estou te hospedando. Mas só fale a respeito se perguntarem. Ninguém vai perguntar. Certo?

Fiz que sim, no carrossel de um parque de diversões, de um teatro de espelhos, de uma roda-gigante, comendo pipocas. De repente, uma sombra:

— Alguém vem buscar você?

Eu não sabia. Sinceramente eu não sabia. Uma boa hipótese era a de que eu estivesse perdido para sempre. O Parente venderia tudo e levaria os destroços — minha mãe, minhas irmãs — a Porto Alegre, talvez os leiloasse na feira de escravos, dentes bons, por um bom preço. Talvez ele viesse atrás de mim com a chibata na mão, me procurasse por umas duas horas e voltasse para o mato com a consciência tranquila. Minha mãe, isso era certeza, rezaria o dia inteiro, sem fazer nada, à espera de que o Juízo Final resolvesse tudo. Senti súbito a garganta apertar e mordi o lábio — fuja, memória! Isabela decidiu:

— Vou cuidar de você.

Aproximou-se e conferiu minha testa. A mãe perfeita, que não pensava em Cristo, e que no mesmo corpo desdobrava outras mulheres, cores, tons e odores. Vi o suave volume de carnes atrás do decote amarelo e desviei os olhos. Ela voltou-se e abriu o guarda-roupa escuro, com uma ponta serrada para se encaixar na inclinação do forro. Um cheiro forte de coisas velhas, de naftalina, de porão fechado, de arca do tesouro.

— Coloquei tuas roupas aqui.

*Trocou meu pijama?* — mas não perguntei. Era preciso antes, cautelosamente, descobrir o meu lugar, o meu espaço e a minha voz naquele mundo novo, o correto papel a desempenhar, o meu limite, na verdade uma tarefa que não acaba nunca, risco a risco. Ela remexia cabides:

— Algumas botei pra lavar. Outras joguei fora. Você precisa de roupa. — A risada carinhosa: — Até calça curta encontrei! — Fechou o guarda-roupa: — Depois cuidamos disso.

*Eu vou ficar aqui?* — mas também não perguntei, medo de ouvir uma resposta ao contrário. Ela adivinhava:

— Você vai ficar aqui, Juliano, por um bom tempo.

Feliz e educado:

— Mas não é o seu quarto?

Ela riu a risada gostosa, sempre súbita e doce, de quem se encanta:

— Não, Juliano. Este sótão é de emergência.

Não entendi, mas fiquei satisfeito. De repente severa, ela se fitou na poeira do espelho oval, e tirou uma mancha da face com um gesto delicado. Ficou um segundo imóvel, como quem se avalia, suspensa. Talvez se perguntasse se ainda era a mais bela. Voltou-se:

— O quarto precisa de limpeza. Depois vou providenciar.

— Eu... eu posso fazer...

— Fique deitado.

De novo a mão (e o perfume) na minha testa.

— Parece que passou. Era febre nervosa. Na dúvida, tome outro comprimido. Vou te trazer café. Depois você dorme até o almoço. — Ela sabia ser imperativa sem se tornar desagradável. Eram as ordens que eu queria ouvir. — Não saia daqui.

O vestido amarelo atravessou o facho de sol num curto incêndio de luz e sombra. Mão na maçaneta:

— Você gostava muito do teu pai, não é?

Uma pergunta que até hoje não sei responder. Mas meu rosto compungido dizia que sim, numa dor discreta e não completamente sem cálculo. Ela pareceu comovida. Um tácito e firme acordo de mentiras, o diálogo perfeito e sem dor.

O dia mais intensamente vivido da minha existência, era o que eu pensava. Lembrar de cada detalhe é uma condenação feliz. Ela fechou a porta; eu levantei da cama, sentindo frio (já estávamos em maio), e me aqueci, iluminado, no facho de sol que os anjos despejavam do teto. Senti o pó na sola dos pés, mas não me importei. Olhei em volta. Nada mau. Tinha uma magnífica cama de rei com um dossel de veludo vermelho, um quarto só meu, uma cômoda com um espelho oval, um guarda-roupa, um facho de luz e uma porta ao fundo. Tinha Isabela e estava em Curitiba. Dezesseis anos e dois dias. A exata proteção. Ficaria ali para sempre, se preciso fosse. Tinha aventura, mistério e uma paixão avassaladora, das que cegam por completo, como deve ser. Tinha até um inimigo já ritualizado, o terrível Lorde Rude, a quem eu provavelmente atravessaria com a espada justiceira dos Três Mosqueteiros, num prolongado embate escada abaixo. E tinha um miolo indócil de medo, que eu ia ocultando sem muito esforço.

Abri a porta menor e descobri o banheiro mais inverossímil: dois degraus desciam para um caixote como que pendurado no prédio. Num lado a privada, no outro, o chuveiro; bolor e aranhas nas paredes. A luz vinha de uma janela quadrada, de vidro fosco. A perfeição se completava com a autossuficiência sanitária. Tudo aquilo precisava de uma limpeza grossa, mas para mim era o palácio de ouro do imperador da China. Fechei a porta sem fazer barulho e investiguei os gavetões da cômoda, também discretamente: eu deveria estar na cama. Encontrei pilhas de fotografias entre vidros de remédio, roupas avulsas, chaveiros, caixinhas, tudo sob o vapor de naftalina, pó e velhice. Mexi aqui e ali — orelhas alertas ao som da escada — e encontrei Isabela ainda mais jovem, talvez nos seus dezoito anos, em preto e branco, bordas roídas, loiríssima entretanto — um cabelo emproado e brilhante como de plástico, e um sorriso inocente. Era a foto de uma *artista*, não de uma mulher. Passos na escada, fechei a gaveta de um golpe, escondi Isabela sob o travesseiro e dormi imediatamente.

— O café, Juliano!

Abri os olhos, simulando um bocejo. De novo ela passou sob o facho de luz e reverberou amarela, bandeja à mão.

— Não precisa levantar. Só ajeite o travesseiro.

Obedeci, cuidadoso, mas a foto resvalou para o chão. Fiquei vermelhíssimo. Ela depositou a bandeja no meu colo e recolheu a fotografia.

— Olha só o que você descobriu! — Mais um elogio que uma repreensão, ela me amava. — Você é rápido, hein? — Embevecida, contemplava-se: — Eu era bonita mesmo.

Você *é* bonita. Mas, de novo, fiquei quieto, olhar fixo naquele café de marajá, indeciso entre uma fatia de mamão e uma broa, apavorado com a perspectiva de derramar tudo, de estragar tudo; e eu não tinha fome alguma. Isabela olhou ainda uma vez para a foto, ajeitou os cabelos como se estivesse frente a um espelho, e colocou a relíquia na mesinha de cabeceira. Eu já preparava uma mentira qualquer, mas ela não perguntou nada — sorria, apenas, certamente encantada com o seu príncipe.

— Tome o comprimido. Para evitar uma recaída.

Obedeci, desviando os olhos dela, que me queimavam. Eu não sabia que diabo estava fazendo naquele hotel, para que fins estava sendo alimentado, nem queria saber, fascinado pelo peso de tantos prazeres simultâneos, poucas horas depois de todas as desgraças. Meu silêncio era a minha arma: não falhara uma única vez. Isabela já sabia tudo mesmo; abriu a porta do banheiro, avaliou o que viu e determinou:

— Descanse mais um pouco, depois tome um banho. Isso precisa de limpeza, mas o chuveiro ainda deve estar funcionando. Tem toalha e sabonete no guarda-roupa. Eu venho te buscar para o almoço, e à tarde vamos comprar roupas, você está pelado. E se alimente bem, Juliano.

Fiz que sim, mastigando a broa por obrigação, mas feliz com a penitência. Quando ergui a cabeça, Isabela já havia saído, e eu ouvi a chave trancando a porta.

A consciência súbita da prisão não me ocupou mais que alguns minutos. Questão de segurança, ponderei vagamente: eu era um foragido, um foragido da polícia, de certo modo, e minha protetora não tinha intenção alguma de me devolver para quem quer que fosse. Que importância tinha a chave na porta, se sairíamos à tarde e eu ganharia presentes? Excesso de zelo, apenas, eu era um fujão, só isso. E — que diabo — se fosse prisão, que bela prisão! (Bem diferente da atual, mesmo considerando a gentileza de Clara.) Não me desagradava a ideia de passar um bom tempo naquela cela estreita e luxuriante, se uma vez por dia pudesse ver Isabela. Naquela manhã, toda a minha vida se concentrava no instante presente; nenhuma memória, nenhum futuro. O presente brutal era muito maior que eu, e sob tal força a vida ganha uma urgência absoluta e completa. Hoje eu desconfio de que isso é *felicidade*, mesmo incluindo no cromo uma boa dose de medo.

Engoli o resto de café e tomei outro banho de sol, divagando por onde recomeçar minha inspeção. Sob a mesinha de cabeceira encontrei um par de chinelos empoeirados, que me serviam com folga. Abri sem propósito a porta do banheiro e contemplei aquela gaiola iluminada. No guarda-roupa, descobri a toalha com o sabonete. Ao me voltar para a cômoda, me vi de relance no espelho. Concentrei-me em mim mesmo, crítico, e tive pela primeira vez consciência plena da minha feiura: cabelos rapados em volta de um par de orelhas de abano, olhos esbugalhados, pescoço desproporcional, um buço ridículo debaixo do nariz, uma espinha na testa. Um menino feio e assustado. Passei a mão no queixo liso. Eu não era ainda um homem. Argumentei: eu tinha o meu quarto e a minha mulher. Inútil: eu não era mais criança, mas eu não era ainda um homem. Eu não era coisa alguma, como queria meu pai. Como alguém tão feio pode ser amado? As mulheres estranhas da noite riram de mim. *Ele quer balas de hortelã.*

Para me esquecer, abri de súbito o terceiro gavetão e tive uma boa surpresa: livros! Sentei no chão, deliciado; encontrava o exato complemento da minha solidão. Eram livros velhos, sebentos, sem capa ou com brochuras roídas, outros com encadernações vermelhas e severas. Desta vez não me incomodava que Isabela me flagrasse focinhando suas coisas: até ansiava que ela abrisse a porta de repente, porque eu sabia que meu crime, agora, tinha prestígio, o único prestígio de que eu seria capaz. Fui tirando da gaveta um por um, sacudindo o pó. *Graziela.* A dedicatória caprichada: "À minha amada noiva, visão pretérita que se torna realidade. 7/VII/53." De quem seria, para quem seria? *O roteiro das gaivotas,* este encadernado. Coleção *Fogos cruzados. O sol é minha ruína.* Um volume avulso do *Thesouro da juventude. Romeu e Julieta.* Alguns exemplares das *Seleções* de Reader's Digest, minhas conhecidas. *Olhai os lírios do campo. Novas receitas para você. Como educar meu filho. Como fazer amigos e influenciar pessoas. As mentiras convencionais da nossa civilização. Tudo isto e o céu também. Robinson Crusoé.* Um pequeno volume destroçado começava na página 51:

*Nos extremos prazeres há um não sei quê que nos conserva acordados, como para nos incitar a aproveitarmos a rapidez do tempo. Nas grandes dores, pelo contrário, tudo parece adormecer-nos; olhos cansados de chorar procuram naturalmente fechar-se: e é assim que até no infortúnio a Providência nos obriga a adorá-la. Cedi, involuntariamente, a esse pesado sono, que beneficia às vezes os miseráveis. Dormindo, sonhei que me desligavam das cordas: imaginei sentir aquele suavíssimo alívio que só conhecem os prisioneiros, quando mãos piedosas os libertam dos ferros.*

Interrompi a leitura, numa fascinação crescente: eu teria muito tempo agora, teria tempo de ler o mundo inteiro, e já começava a separar os volumes por gênero e interesse. *A carne. Pequeno dicionário da língua portuguesa. Gramática latina.* Eu poderia aprender latim, a língua dos padres da minha infância! *Lucíola. O médico e o monstro. 80 cartas de amor.* Um volume sem capa nem página de rosto, abri ao acaso: *Então ela segurou meu pau fremente com suas mãos e aproximou sua boca sedenta de prazer...*

Li mais duas linhas e fechei aquele horror brutalizado por um súbito ataque de taquicardia, escondi trêmulo o volume no fundo da gaveta, me levantei tonto, agoniado, e, quase que ganindo, torto e incerto e endemoniado, segurei o sexo duro a tempo de sentir a gosma entre os dedos, numa curta convulsão. Gemi em meio ao vazio e ao silêncio: estaria Isabela subindo as escadas? Olhei para a porta, para a luz do Céu, para o anjo da guarda, era para Deus que eu olhava, para o cadáver de meu pai, para uma coisa muito alta semelhante à Morte e à Vergonha. Corri ao banheiro para lavar as mãos e a alma, e me decidi pelo banho purificador, a água do esquecimento. Não funcionava o chuveiro elétrico. Eu estava nu e sentia culpa — de modo que não sofri tanto com a água que descia suja dos canos há muito tempo sem uso e me lanhava o corpo com seus finos chicotes frios. Batendo os dentes, fui buscar o sabonete e a toalha, deixando um rastro de desastres por onde passava, água e pó e sujeira por toda parte, tudo por minha culpa, que emporcalhava meus sonhos. Fiquei muito tempo debaixo daquela água medonha, esfregando e ensaboando mil vezes a minha magreza ossuda e aflita. Depois, voltei, na ponta dos pés, sentindo todas as pequenas cracas do assoalho, e me enxuguei sob o facho de sol. O anjo me perdoaria?

Já vestido — a calça muito curta, o sapato muito velho, a camisa sem um botão no punho, a meia rasgada, a ansiedade em cada pedaço de roupa — recolhi os livros do chão empilhando-os às pressas e evitando tocar a *coisa*, aquela pequena arca do inferno, que releguei ao fundo da gaveta, pensando no fogo, no lixo, na aniquilação final. Em seguida, limpei todos os vestígios da catástrofe do meu banho, os respingos e as pegadas, lavando, afinal, a cueca manchada, antevendo em desespero a descoberta do crime. Investiguei também o pijama, mas ali não encontrei nada. Parei para respirar: haveria ainda algum cheiro em alguma parte?

Tonto, sentei na cama. Dali, via o facho de sol no espelho, um reflexo frio.

Assim, foi um Juliano ainda mais covarde que Isabela conduziu à sala de jantar, com o medo crescendo a cada degrau da escada curva — bem melhor continuar doente, a escuridão da cela, que o risco da exposição pública. Escondido atrás da Rainha, entrei na sala de refeições, escura, mesmo suja, e vi ao redor da mesa cinco mulheres sorridentes que me fuzilaram. Uma cortina se abriu ao fundo, de onde vinha o cheiro de comida, revelando o rosto de uma velha horrível, uma bruxa que se escondeu em seguida.

— Este é o Juliano, que vocês já conhecem — disse Isabela com um mau humor esquisito, corpo duro e tenso, o que me assustou.

— Oi, guri!

— Tudo bem?

Isabela queria se livrar logo daquilo.

— Esta é a Débora, a Maria, a Jaqueline, a Teresa e a Dolores.

Eu não sorri; olhava de rosto para rosto, todos semelhantes na luz amarela. Quando avancei para puxar a cadeira, acertei um pontapé na mesa. A bruxa gargalhou ao fundo.

— Desculpe.

— Sente aqui, Juliano.

Havia qualquer coisa errada. Uma revelação assustadora: *tudo* ali era errado. Fixei os olhos na toalha suja e rota e nos pratos de cores e tamanhos diferentes. Silêncio. Baixei o braço, escondendo o punho sem botão.

— Por que não ligam o rádio? Parece que morreu alguém — e Débora deu uma risada.

— Está queimado.

Parecia uma acusação a Isabela, que respondeu, indócil:

— Mandem chamar o Zé. Ah, e chame ele pra consertar o chuveiro lá de cima, hoje mesmo. O coitado do Juliano tomou banho frio.

Todas me olharam, divertidas — e eu me lembrei que não tinha penteado os cabelos. Eu era um espantalho. Eu queria correr para o sótão, quando a bruxa enrugada e sem dentes depositou duas travessas na mesa. Voltou para a cozinha puxando a perna. Eu acompanhei seu andar; antes de atravessar a cortina, olhou de novo para mim, num segundo mortal. O rosto dela estava apertado por milhares de fios que se cruzavam impiedosos. Sem erguer os olhos, me servi de arroz, a mão tremendo; Isabela me ajudou.

— Coma mais, menino.

Pediriam, um mês depois, para eu mostrar o dedo: estará gordo o suficiente? Isabela agora não me protegia; protegia a si mesma. A loira à minha frente, voz esganiçada, decidiu:

— Eu que não vou falar com o Zé. A Dolores que vá.

Dolores estava na outra ponta, e uma carga elétrica atravessou a mesa. Ela resmungou:

— Se ele está pensando que é só comer e depois sacudir o paletó...

Engasguei: era para mim aquilo? Débora desfechou uma risada histérica, um breve raio interrompido súbito com a mão na boca. Risadinhas. Vermelho, prossegui comendo. À noite começaria a ler *Como educar meu filho* — faria eu mesmo o serviço. Eu estava errado ali, o almoço estava errado, o hotel estava errado, todas as mulheres incorriam em erro. Tentei me equilibrar naquela refeição defeituosa, de que nem mesmo Isabela escapava. Apesar de tudo, a fome renasceu, e comi bem e bastante. A velha bruxa sabia fazer picadinho de carne; nos fundos devia haver uma gaiola de crianças macias para engorda. Enquanto eu mastigava, sentia que Isabela estava insegura de seu reinado, que havia coisas não resolvidas naquele espaço, que havia mesmo uma guerra crispada entre todas aquelas mulheres lindas; se o sótão era o meu paraíso, aquilo ali seria o inferno — a casa de Isabela era o resumo da Criação. Eu não tinha escapatória.

— Dona Deia!

A bruxa olhou para o chão, esfregando os calos no avental; estava entregue — qualquer coisa poderia ser feita com esta figura rota.

— Quero que a senhora limpe o sótão hoje à tarde. Aquilo está imundo.

Dona Deia voltou para a cozinha, mas lentamente, sem afronta — e Isabela olhou em volta, queixo erguido, avaliando a reação das escravas, que não falavam. Tive a exata sensação de que bastaríamos sair dali — eu e Isabela — para todas desandarem num bate-boca furioso, em conspirações inúteis contra a Rainha. Talvez fosse eu o culpado de tudo. Qualquer um perceberia que eu não era sobrinho de Isabela coisa nenhuma, mas quem se atreveria a avançar no terreno da minha protetora? Nem eu sabia o que eu era ali, mas senti alguma coisa parecida com vaidade — eu era *especial*, uma categoria nova para mim.

As meninas levantaram-se para o cafezinho no balcão, e eu recusei polidamente a oferta; sentado e encolhido teria melhor proteção. Ouvi um cochicho — "ele é tão educadinho" — e a gargalhada demolidora de Débora, interrompida pelo meu olhar de susto com um tapa na boca. A sala se encheu de sorrisinhos, e eu perdi o ar. A Rainha levantou-se, talvez irritada, ameaçou dizer alguma coisa, mas foi desarmada por uma das meninas, doce e dócil:

— Belinha, será que você me empresta o vestido vermelho? É que...

— É claro, Maria — quase que ofendida com a possibilidade de *não* emprestar. — Venha comigo.

Na porta, voltou-se:

— Teresa, você cuida das compras? Vou sair com o Juliano.

— Tudo bem. Você fez a lista?

— Está com a Deia, o dinheiro também. Ah, a prestação dos móveis deixa que eu pago.

Era uma cena legitimamente caseira: o mal-estar evaporava-se e de repente me senti em casa. A bruxa velha era minha mãe, as meninas, minhas irmãs e vizinhas num encontro inocente. Meu pai não havia chegado ainda, daí tanta risada solta. Eu estava por ali sem ter o que fazer, preparando alguma mentira ou esperando o momento de puxar a cadeira de alguém.

Agora andava atrás de Isabela e Maria, avançando por um corredor sombrio cheio de portas, até a última, o quarto da Rainha, com o janelão e a pequena sacada para a rua. Afastei a cortina, fascinado: a paisagem era a cena de um filme, uma cidade que eu nunca tinha visto.

— Essa Débora... um dia lhe dou um pontapé que...

— É o jeito dela, Belinha. Ela é meio boba mesmo. Não tem maldade. Obrigada pelo vestido, Belinha. Te devolvo depois.

A gentileza e a deferência eram visivelmente fruto do medo, não da amizade — e Isabela, detentora do Poder, sabia disso. Fechada a porta, me vi sozinho com ela, rezando que voltasse a ser minha deusa suave. Mas a tensão prosseguia, mexendo nas gavetas da penteadeira:

— Juliano, preciso te ensinar algumas coisas. Sente ali.

Obedeci, olhos arregalados. De costas para mim, ela tirou a blusa amarela — a carne branquíssima cortada pela alça do sutiã, mais branco ainda. Desviei os olhos.

— Em primeiro lugar, aqui você dá ordens. Você é meu sobrinho, é como o dono da casa.

Gostei de ouvir isso, mas não conseguia me imaginar dando ordens para ninguém. Fiz que sim, o que ela viu no espelho, abotoando a blusa azul. Virou-se de um lado a outro, conferindo. *Você está bonita. Você é bonita.* Mas não disse.

— Em segundo lugar, não dê muita corda para as meninas. Nada de intimidades, de fofocas, de conversa fiada. Se dê o respeito. E ai delas se tocarem em você!

Tranquei a respiração — a ameaça tinha mão dupla. Isabela perfumou-se, graciosa; senti o aroma.

— Mais uma coisa, Juliano. Você tem que aprender a se impor. Não tenha medo, você está comigo. Levante a cabeça, guri. Você é um homenzinho. Se lembre que ninguém tem piedade de ninguém. Cabeça baixa é feita pra levar porrada.

Voltou-se para mim, escovando os cabelos, e gostei de vê-la contra a luz da janela. Ela me dava ordens a um tempo ríspidas e doces. Tinha o dom da autoridade e o dom da melancolia — duas coisas bonitas e raras. E eu tinha (tenho, ainda) o dom lancinante da paixão. Naquele momento, pensei que não teria outro projeto na vida inteira senão amá-la, minuciosamente, carinhosamente, atentamente, a qualquer preço. Uma vida de uma face apenas — e bastava.

— Levante, Juliano. Deixa eu te ver.

Obedeci, erguendo a cabeça, queimando de vergonha.

— Você precisa deixar o cabelo crescer. Parece um reco — e ela riu, gostosa. — Precisa também de roupa decente. Passe uma água nos dentes, ali, na pia. E vamos sair.

Ainda queimando — a vergonha é sempre desproporcional, catastrófica, apocalíptica —, vi no espelho a casca de feijão cobrindo um dente. Um gnomo horroroso banhado de felicidade.

Descemos as escadas e saímos para o sol e para mais encantamento. Naquela Curitiba o mapa do mundo se desdobrava em todas as direções — eu me senti estufado de importância. Ao atravessar a rua, Isabela segurou minha mão, e eu gostei. Na hipnose dos carros e ônibus, prédios e gentes, tudo era comparação: a rua de barro da minha infância e aqueles paralelepípedos brilhantes, as casas de madeira e aquelas fachadas de romances antigos, os rostos conhecidos da vida inteira e aquele universo que nascia outro a cada esquina, os mendigos e os velhos, os chapéus e as vitrines, os ruídos e as pipocas, os postes e fios atravessados e as buzinas e as mulheres e os bilhetes de loteria — é a cóóó-brááá! — e os doces de abóbora em forma de coração, sapatos, árvores, manequins, aleijados, filas, alunos de uniforme azul, roncos e igrejas — e eu, Juliano Pereira Pavollini, no coração daquela fúria controlada, dono e centro do mundo inteiro, sem pai nem mãe, mas, conforme instruções, de cabeça erguida. Tudo existia para meu exclusivo prazer.

Da Riachuelo fomos para a Generoso Marques, e dali para a Tiradentes, com as fileiras de ônibus verdes, as estátuas e a Catedral, e entramos na farmácia com o relógio de sol, onde Isabela comprou remédios e uma escova de dentes, e onde vi meu peso numa máquina que dizia a sorte em troca de uma moeda. Guardei o cartãozinho carinhosamente: *52.800 kg. Tereis felicidade no amor e nos negócios.* O *tereis* ficou fazendo eco, como uma pedrinha brilhante cujo nome desconhecemos. *Tereis.*

E as lojas: de cada uma delas eu saía mais bonito. Ganhei dois pares de sapato, ganhei meias; ganhei duas calças, que experimentei na cabine imaginando mil olhos nas minhas canelas secas por baixo da cortina, enquanto Isabela, a Rainha, ordenava que se abrissem todas as caixas da prateleira. Ganhei camisas, e um paletó, e um pulôver, numa transformação rápida e completa. Isabela, riquíssima, abria sua bolsa e tirava notas e mais notas de seu maço de dinheiro, falando alto e se movendo muito em gestos soberanos. Ganhei um cinto e uma caixa de lenços, e ainda cuecas brancas, que felizmente não precisei experimentar. E não foi tudo: na última loja ganhei um boné cinza, que equilibrou meu rosto e minhas orelhas sem prumo, de modo que, quando me vi por inteiro no espelho imenso, sorri de vaidade — mãos nos bolsos da calça larga, sapatos brilhantes, paletó aberto, camisa nova, boné ligeiramente inclinado pelas mãos de Isabela, percebi que eu me tornava um ser elegante, mais bonito que qualquer outro que andasse pela rua, e que os outros me olhariam agora, e não eu aos outros. Tímido, não agradeci nenhuma vez a Isabela, mas nem precisava; a cada passo da minha metamorfose, ela sorria mais, no fascínio da criação. Eu era a sua obra, e não estava me saindo mal.

Carregados de pacotes, desembocamos novamente na praça da Catedral, onde descansamos num banco. Os relógios das torres marcavam cinco horas. Cruzei as pernas, sentindo-me personagem de um teatro adulto — faltava apenas fumar um Continental sem filtro, dar uma longa tragada, o que Isabela fazia agora. Vi a mancha de batom no cigarro, acompanhei a curva do braço, o sopro vertical da fumaça, a cabeça se inclinando para trás, olhos no céu. Tenho a impressão de que meu vício de fumar começou naquele instante. Ficamos em silêncio. Um sorria para o outro, e era o suficiente. Num curto momento, eu apreendi Isabela por inteiro: ela estava feliz e melancólica. Era a Rainha.

— Venha, Juliano. Vamos rezar um pouquinho.

Recolhi os pacotes, intrigado: rezar? *Tereis.* Ao passar pelas filas de ônibus, um velho semelhante ao meu pai olhou firme nos meus olhos, depois fixou Isabela, depois voltou a cabeça. Seria desalento? Antes de entrar na catedral, olhei para trás, a praça viva e ensolarada. Nas sombras, vi Isabela se ajoelhar, contrita. Se eu me ajoelhasse, sujaria minha calça nova, mas felizmente Isabela se esqueceu de mim. Fiquei em pé, ao seu lado, segurando pacotes. No altar, o padre ajeitava seus instrumentos de trabalho, e cada passo fazia eco. Havia meia dúzia de velhas espalhadas por ali, debaixo da abóbada e dos vitrais, do silêncio e do terror. Isabela cochichava preces, como quem acredita, e eu senti uma breve tontura. A oração foi curta; Isabela ergueu-se, fez o sinal da cruz e saímos para a tarde. Ainda no alto da escadaria ela me olhou, sorriu, tirou uma sacola das minhas mãos, ajeitou a aba do paletó.

— Você está alinhado, Juliano! Vamos no Cometa?

Fosse o que fosse o Cometa, eu iria, é claro. Descemos a rua XV, passamos por um cego tocando viola e entramos no Cometa; era um bar, o que me surpreendeu. Avançamos até uma mesa do fundo — três ou quatro homens sorridentes cumprimentaram Isabela, investigando o elegante sobrinho, e um bêbado roto nos abria caminho com uma mesura torta, quando um garçom solícito o arrastou para fora. Ali também Isabela era Rainha.

— O que vai, dona Bela?

Ela pediu cerveja. "Você bebe comigo?", mas, inseguro, preferi um guaraná, de qualquer modo satisfeito: logo seria um homem completo e estaria ali, de igual para igual, enchendo a cara de bebidas adultas. Isabela acendeu outro cigarro — a mesma tragada funda de prazer e a cabeça inclinada para trás, como quem suspira, e o gole também deliciado de cerveja. Logo eu estaria igualmente fumando, e, se crescesse mais um pouco, entraria ali abraçado com uma mulher, talvez a própria Isabela, se eu tivesse sorte, e o garçom diria: "O que vai, seu Juliano?" Ela esmagou o cigarro no cinzeiro, olhou para mim e sorriu. Era um fim de tarde cristalino e magnífico, e não falávamos nada. No segundo copo, percebi Isabela melancólica, breves segundos de contemplação severa e adulta de alguma coisa que estava em lugar nenhum. Depois, ela estendeu os braços nus sobre a mesa e ajeitou meu boné, pensando em outra coisa. Eu me lembrei do Livro Proibido e do meu pai morto e do meu sótão e senti uma vertigem seca, uma estranheza aguda, que dominei mordendo o lábio.

— Vamos comer um quibe?

E lá veio o garçom de paletó branco depositando o pratinho de quibes e temperos e guardanapos com gestos ritualizados.

— Mais alguma coisa, dona Bela?

Comi vorazmente quatro quibes, sob o olhar agora divertido da minha proprietária. Depois ela pediu a conta, reclamou de um erro de soma — mil desculpas do garçom — e tirou o seu já reduzido maço de notas da bolsa enorme. Talvez eu tivesse lhe custado muito caro, mas minha vergonha durou pouco: na rua, fui atraído por uma livraria, a primeira que vi na vida, e joguei verde.

— Será que aí tem livro do Júlio Verne?

Ela me fitou, surpresa. Um secreto orgulho na repreensão:

— Você é um menino *muito intelectual*. Vamos ver.

O *intelectual* era uma pedra preciosa nos lábios da minha amada. *Tereis*. Entrou na livraria como se fosse uma loja de sapatos, e, mais uma vez, era o centro do mundo inteiro. Voz muito alta:

— Vocês têm o livro do Júlio Verne?

Havia milhares de livros de Júlio Verne, capas coloridas. Eu já desesperava por chegar ao sótão e viajar em volta do mundo, em oitenta dias e num balão. Escolhi *Atribulações de um chinês na China,* um título que me pareceu conveniente. Palavra engraçada: *atribulações.* Mais uma vez Isabela reclamou do preço, agressiva, sopesando o volume nas mãos. Antes que eu dissesse "não precisa", ela exigiu papel de presente, e, obedecida, me arrastou para fora dali. Na rua ajeitei carinhosamente meu presente numa das sacolas. Era noite, e um vento frio correu de repente. Na esquina, Isabela me abraçou, "Cuidado, os carros!", e eu me arrepiei.

O dia mais longo da minha vida ainda não acabara — outros prazeres, mistérios, descobertas me esperavam. Entrei em casa como quem ganhou a guerra, de cabeça erguida e alguns traços de petulância ingênua, mesmo postiça, que beirava o ridículo, mas que — parece — surtia efeito. Ao me ver, Débora juntou as mãos:

— Ulalá! Que elegância!

Eu já era outro homem; desta vez não chutei a mesa, apenas gaguejei um pouco ao pedir a salada, o que provava a conveniência de ficar quieto. Além do mais eu não havia ainda trocado completamente a voz, e sempre corria o risco de lanhar uma frase como uma taquara rachada. Orgulhosa, Isabela retocava sua obra:

— Tire o boné, Juliano.

Comi fartamente, cuidando, com êxito, para não fazer barulho com a boca. Agora tive coragem de aceitar o cafezinho do balcão, e as meninas abriram respeitosamente uma clareira em torno da garrafa térmica. Queimei a língua num gole exagerado e suspeitei que estivesse com a camisa fora das calças, o que não era verdade. Mas começava a relaxar. Havia um franco ar de festa naquele começo de noite. De outra sala vinha a voz de Nelson Gonçalves: "Minha linda normalista, rapidamente conquista...", acompanhada da voz próxima de

Dolores, que ajudava dona Deia a tirar os pratos da mesa. Era uma profusão de perfumes e faceirice, de saias coloridas muito curtas, de coxas e de peitos, de lábios sangrando e colares, de uma excitação exaltada, uma indiscrição agoniada, uma vontade coletiva de aparecer que, na minha petulância, atribuí à minha presença transformada e transformadora. *Tereis*. Uma ajeitava o sapato, coxas cruzadas; outra reforçava o batom; outra ria; outra puxava assunto:

— Passeou bastante, Juliano?

Fiz que sim, intimidado por Isabela, que me vigiava, fumando.

Sentindo o ambiente caseiro, me propus a carregar pratos e travessas para a cozinha — mas Isabela cortou:

— Deixe isso com as meninas, Juliano.

Como eu já estava com um prato na mão, avancei para a cozinha, de encontro à bruxa: era só ela que me faltava conquistar. Dona Deia recolheu ríspida o prato, sem me olhar, e cochichou diabólica:

— O teu pai morreu ontem?

De costas, era mais horrível ainda, com os cabelos grisalhos e ensebados e grudados na nuca.

— Antes de ontem.

— Já foi enterrado?

— Não sei.

Saí dali sufocado, um brutal aperto na alma. Queria correr para o sótão, antes que chorasse em público, mas Isabela me puxou pelo braço:

— Sabe jogar canastra?

A única vez em que um baralho entrou na minha casa meu pai atirou-o ao fogo, num acesso de fúria; levei um só tapa no rosto, que me derrubou.

— Eu te ensino.

Entramos no salão de onde vinha a música. Havia um lustre enorme, rebuscado, com luzes verdes e vermelhas, algumas mesinhas e cadeiras, uma eletrola com uma pilha de discos, um balcão e flores. Acostumando a vista àquela meia escuridão, acomodamo-nos na última mesa. Isabela brilhava, um colar certamente de diamantes em volta do pescoço branco, explicando o jogo, os naipes, as sequências, as trincas.

— E esse é o morto. Quem bater antes leva.

Havia dois mortos, um para cada um de nós. Eram mãos hábeis embaralhando, de mágico de feira.

— Corta. Não assim. Corte *assim.*

Um jovem engravatado chegou por ali, simulando familiaridade, mãos nos bolsos, olhando em torno sem se fixar em nada. Isabela controlava discretamente os passos dele. Respondeu ao cumprimento, o vulto sorriu. Quando olhei para trás uma segunda vez, Dolores trocava o disco e o vulto lhe beijava a nuca; os dois, colados, faziam uma curva lenta e suave. Voltei ao jogo, a tempo de ver minha derrota:

— Bati, Juliano — e ela deu uma gargalhada ao final da contagem: trezentos e vinte contra menos duzentos. Atarantado, ouvi conselhos: — Você tem que descer os jogos, Juliano. Olhe, estava com a mão cheia!

Eu estava pensando em outra coisa; quando de novo olhei para trás, Lorde Rude entrava no salão. Para onde teria ido Dolores? Isabela distribuía as cartas, mas ela também pensava em outra coisa agora. Lorde Rude beijou-a, displicente, e me estendeu a mão, sem me olhar:

— Tudo bem, guri?

Apertei sua mão gorda, suada e morta. Ele girava os olhos pelo salão vazio, revirando um palito nos dentes. Atrás do paletó aberto vi o coldre de uma arma. Seus olhos eram muito pequenos para um rosto tão bolachudo, e uma pasta brilhante fixava-lhe os cabelos pretos. Conferiu o meu jogo, meteu a mão no meu leque, trocando o lugar de duas cartas, depois deu dois ou três passos à deriva e desapareceu. Isabela desceu um jogo na mesa, descartou olhando para a porta, consultou o relógio e levantou-se.

— Espere aí, Juliano.

Inseguro, ouvi a risada de Débora, mas não voltei a cabeça. Pela cortina à frente eu via as luzes da cidade. Era um momento incerto daquele dia — as sensações demasiadas escapavam ao meu controle. Melhor subir ao sótão e ler meus livros de aventura — e me sobressaltei com a garrafa de cerveja e os copos na mesa. Lorde Rude me servia:

— Bebe aí, guri.

Ele cuspiu o palito e, em pé, esvaziou o primeiro copo, limpando a boca e disfarçando um arroto. Dei um gole, desejando que Isabela voltasse logo — a cerveja era uma bebida amarga, horrível, e eu me contraía entre a parede e a barriga de Rude. Ele agora misturava as cartas da mesa; fez um maço e embaralhou-o num metralhar ligeiro, largando-o em seguida. Sempre sem me ver, de novo mãos na cintura, de novo a ostentação da arma, o olhar em volta, lento, de quem investiga. Senti medo; ele me faria perguntas, e eu iria gaguejar.

— Roupa nova, hein?

Ajeitei o boné, desconcertado pela mesma vergonha de sempre, a de quem não sabe seu lugar no mundo. Felizmente ele não olhava para mim. Dei outro gole, disfarçando a careta — aquilo doía —, e senti uma leve tontura. Eu queria voltar ao sótão, mas para me levantar teria de dizer alguma coisa.

— Dou proteção aqui — disse ele, inexplicavelmente.

O pequeno monstro mostrava-se vulnerável. O orgulho da sua pose e da sua arma e de sua função era o gesto inseguro de

um homem tímido, mas não exatamente grosseiro ou trucu-
lento. Lançava sinais de aproximação, e percebi que por alguma razão me respeitava — eu era o sobrinho de Isabela, e ele
protegia a ambos, foi o que pensei, e estes papéis provisórios
me acalmaram, pés um pouco mais firmes no chão. Ou talvez
minha calma fosse apenas o efeito daquela bebida estúpida.
Havia uma mulher estrangulada em algum quarto do hotel, e
cabia a Sherlock Holmes decifrar o mistério. Arrisquei:

— O senhor... o senhor é detetive?

Ele me olhou nos olhos pela primeira vez, agora sim, numa
rápida truculência, como quem decifra: que diabo era eu? Mas
relaxou, balançando a cabeça, um gesto que seria qualquer
coisa; deu dois passos erráticos, queixo erguido — talvez pen-
sasse — e voltou-se de um golpe, revólver à mão:

— Sabe atirar?

Fiz que não, aterrorizado. Mas era apenas uma demonstração; tirou as balas do tambor, que rolaram na mesa, fechou a
arma e me estendeu:

— Conhece?

Tinha um peso imprevisto e algum fascínio; senti prazer
em empunhar a arma, em mirá-la para a janela, em sopesá-la,
e ri sozinho — era a cena de um filme. Tentei rodá-la na mão,
como Kirk Douglas, mas torci o dedo. Ele sorria, recolhendo
as balas da mesa.

— Já fui campeão de tiro. Posso te ensinar qualquer dia
desses. Você quer aprender?

Engoli mais um pouco da cerveja azeda, num breve
entusiasmo:

— Sim, claro!

Ele abriu e fechou o revólver e mirou contra a luz, como
quem testa:

— Você vai ficar muito tempo aqui?

— Juliano! — da porta, Isabela me chamava, sorrindo. — Venha cá um minutinho!

No corredor, Isabela apertou meu braço um pouco além do devido, e o sorriso se fechou; ouvi, mais uma vez, exatamente a ordem que queria ouvir:

— Suba.

Concordei, é claro. Ela largou meu braço e mentiu sorrindo (que eu não interpretasse mal sua autoridade):

— Já é tarde.

Beijou-me a testa, o que foi um bálsamo, e entrou no salão. Nas sombras da escada em caracol estava Débora, copo à mão; abriu caminho com um gesto largo e uma risada bêbada.

— O brotinho já vai para a cama?

Passei por ela encolhido e subi rapidamente, perseguido pela risada e pela vergonha, gosto amargo e tontura. Jean Valjean fechou a porta do seu tugúrio, um curto alívio. Acesa a luz, o sótão girou, eu fechei os olhos e corri para a cama. O mundo continuou girando; abri os olhos, segurando a parede com a força do olhar, sentindo o cheiro nauseante da cera — o quarto estava limpíssimo e descobri crucifixos voando por toda parte. Obra de dona Deia, como seriam dela as Orações do Bom Pastor na mesinha de cabeceira, na moldura do espelho, na porta, sobre o travesseiro, e mais uma Reza de Sétimo Dia na entrada do banheiro, para onde corri a tempo de vomitar, agora sim, num alívio mais completo. Limpei o estrago como pude e subi para a minha cama de Rei, debaixo do dossel protetor. Acordei com a lâmpada nos olhos, a sombra de Isabela sobre mim, o vulto de Lorde Rude na moldura da porta:

— O que foi, Juliano? Você estava gritando...

Eu estava caindo do telhado, completamente nu. "Aqui, Juliano!" — gritava Débora, sentada numa pilha de livros com o crucifixo na mão, mas não era ela, era meu pai matando um pássaro com uma velha espingarda, sem olhar para mim; meus dentes estavam caindo, bastava puxá-los, um a um, e espetá-los na parede. Ninguém se importava. *Por que você não abre a gaveta?*, perguntou dona Deia, mas eu morreria esmagado antes de responder. Isabela passou a mão nos meus cabelos:

— Não chore...

Mordi o lábio, raiva e vergonha, vendo a sombra de Lorde Rude se aproximar. Consegui segurar o soluço, era uma faca de ponta. Virei o rosto para o outro lado e fechei os olhos. Senti o beijo de Isabela no meu rosto, o "sss" dos seus lábios, os passos lentíssimos, a escuridão, a porta discretamente fechada, e vagarosamente, sozinho, no centro do deserto, voltei a dormir.

De cuecas, corpo inteiro peludo — *é um gorila, um gorila simpático* —, Rude sentou-se na cama. Não estava ainda completamente acordado; era como se nunca estivesse na vida completamente acordado, como se vivesse sempre na modorra confusa que se resolvia ou no silêncio ou na brutalidade, mas se resolvia. Um homem satisfeito. Conferiu as horas — dez e quinze — e pensou, sem saber ainda exatamente o quê. Isabela, nua sob as cobertas, via uma faixa de sol nas suas costas peludas. Um bom homem aquele: feio, insosso e de algum modo doce. Um homem útil, além de tudo. Relógio à mão, ele falou:

— Esse menino é mesmo teu sobrinho?

— É claro que é. A troco de que seria outra coisa? Você não acha ele bonzinho?

— Meio retardado. Esse guri vai te dar problemas.

— Não sei por quê. Coitadinho. O pai morreu ainda ontem.

— E você traz ele pra cá.

— A própria mãe me pediu.

— Ela sabe o que você é?

Rude gostava de agredi-la assim, em alfinetadas que ele supunha inteligentes. Isabela sorriu:

— Sou uma mulher rica, muito rica. E ainda vou ter o rabo cheio de dinheiro para te contratar como motorista. Vou comprar um Itamaraty branco e comprar uma mansão no Batel, daquelas, com colunas na frente. Vou ser sócia do Curitibano e sair nos jornais. Vou ter colar de diamantes e criadagem. Vou ter uma rede de hotéis. Vou ser amada.

Ele não se decidia a levantar de vez. Estava cansado, com sono, entediado. Ela se recostou na cabeceira e procurou pelo cigarro. Acordar era sempre uma boa sensação, porque ela sabia que ainda tinha tempo para ser qualquer coisa na vida. Houve um momento em que Rude deixou de comandar a vida dela e passou a ser comandado — e ambos passaram a gostar disso. Ela soprou a fumaça para o alto, como gostava. Era como se representasse um papel, gestos medidos de uma grande atriz, e ela se sentia na plenitude de sua força, de sua beleza e de sua importância. Nenhuma dúvida: a vida era uma linha reta. O hotel ainda estava arrendado, mas logo seria dela. E pouco a pouco a pequena cafetina seria uma dama cortejada. Era isso: ela tinha grandeza na alma, uma coisa que o pobre e miserável Rude, que passava a vida mordendo donos de espelunca, nunca teria. Olhou de novo para aquela massa peluda, e viu-o de boné abrindo a porta do Itamaraty para ela e para Juliano.

Rude pegou a calça da cadeira, esperando ouvir o "Você não vai se lavar?", para responder que não porque não tinha tempo, mas ela estava sonhando agora.

— Você não tem nenhum sonho na vida, Rude?

— Tenho. Me aposentar. Passar o resto da vida tomando cerveja na churrasqueira do fundo de casa, ouvindo futebol pelo rádio.

Isabela deu uma gargalhada, mas ele não chegou a ficar irritado. Lutava com as pernas nas calças.

— Você nunca vai se separar da Eunice, não é? Acho que você a ama — e Isabela sorria, soprando a fumaça, romântica. Talvez fosse isso que lhe agradava: a simplicidade. Tão bonito uma vida simples. — Confesse, meu amor! Aquilo que você falava, de se juntar comigo e...

Agora ele se irritou: que porra essa puta pensava que era? Dobrou-se, procurando os sapatos debaixo da cama, e a raiva se esvaiu. Vontade de sair logo dali.

— A Eunice é uma boa mulher. E tem os filhos, Isabela.

Dois filhos homens: o único prazer autêntico de sua vida, prazer constante, ano a ano, o seu único ponto de referência e dignidade. Uma vaga consciência de que os filhos eram melhores do que ele, um sentimento esfumaçado de vergonha, mesmo timidez diante daqueles rapazes felizes. Deixou escapar:

— O João faz vestibular na Federal ano que vem.

— Na Polícia Federal?

Vontade de agredi-la a socos:

— Não, merda! Na universidade. Você sabe o que é?

— É claro que sei, Rude. Pra burra não sirvo. Falei por falar. Filho de polícia, polícia é. — Ela sentiu o perigo, emendou, voz doce: — Você nunca trouxe ele aqui. Queria tanto conhecer.

— É claro que não. Não se enxerga? Você acha o quê, que ele é algum Juliano na vida?

Ela sentiu a tristeza seca, medida, controlada, transformando-se em rancor também medido. Era tão fácil reduzi-lo a nada, mas ele poderia matá-la, se quisesse, se rompesse por um segundo o fio da sua inteligência rasteira. Era apenas uma *sensação* do limite entre o vidro e o caco. Não precisava mendigar nada: aquele homem era integralmente seu, a um estalo de dedos — mas ele precisava de um pouco de ar. Ela não precisava dizer: você é um bosta, sempre foi e sempre vai ser um bosta. Qualquer outra diria, mas não ela — por isso estava ficando rica.

— Está com pressa hoje, meu amor.

O sorriso de matéria plástica e os seios projetados, uma sensualidade vagabunda e mecânica, a que ele podia alcançar. Ele também sorriu, prazer e poder, e retomou a gentileza:

— Tenho que ir, Belinha. Ontem mataram a porrada um guri na delegacia. Um ladrãozinho vagabundo.

— Ui, que exagero!

— Exagero merda nenhuma. Só que tem um deputado focinhando, vai dar em jornal. Essa corja.

Ajeitou o nó da gravata. Estava seguro agora, completamente seguro: estava vestido. Era sempre uma angústia ficar nu com Isabela — todo o seu corpo se afrouxava, a voz perdia a força, os gestos se afeminavam, como se fosse ele o possuído. Uma única vez amarrara Isabela na cama, em X, não por desejo ou fantasia, mas por curiosidade. Uma mulher havia sido encontrada morta assim, inteira retalhada, e ele se assombrava sobre qual seria a vantagem. Naquela noite ele esbofeteou Isabela, mordeu-a, chupou-a, ofendeu-a e, ao final, sentiu nojo. Aquela gosma, aquele cheiro, aquela inexplicável convulsão, aquele pudor ao contrário dava-lhe nojo. Era esquisito e sem nenhuma réstia de amor. O tarado apareceu morto num matagal, com dez tiros, três do revólver dele; foi um alívio. Depois, os autos do inquérito desapareceram, e ele foi transferido da Homicídios para a de Costumes. Melhor assim, mais comodidade, mais sossego, mais grana.

— E você aqui, fazendo amor.

Era o melhor de Isabela, o carinho da despedida, um teatro competente. Ele riu:

— Estou de serviço. Até meio-dia.

— Você não tem medo de que algum dia a Eunice apareça lá, pra conferir?

Por que ela sempre tinha que meter a patroa na conversa? Talvez Isabela já estivesse perigosamente íntima, e num segundo ele suspeitou de alguma chantagem futura. Uma brevíssima ameaça, coldre afivelado:

— A Eunice não mete o bedelho onde não é chamada. É mais seguro.

— Desculpe, Rudinho. Só curiosidade.

Quem sabe ele tivesse exagerado na indireta? Não convinha despedir-se azedo ou de mal com Isabela — enquanto não voltasse a falar com ela a vida estaria estragada. Aquela puta era bem capaz de sair dando por aí, chifrá-lo só por vingança. Sinalizou a paz com uma oferta ridícula:

— Bom, estou indo. Se precisar de alguma coisa, estou aí.

— Pensou em falar em dinheiro, mas deixaria para depois; não era o momento. Quanto ela já teria? O que estaria comprando nas costas dele?

— Você nem se lavou.

— Tenho pressa.

— Mas tem tempo para um beijo?

Um beijo sugado, carnudo, profissional, e ele sentiu uma onda vaga de excitação.

— Tome um café na cozinha.

Ele fez que sim e fechou a porta. Isabela acendeu outro cigarro, pensando em Juliano.

Clara perguntará: Como você sabe que Isabela pensava em você? Como você sabe o que ela pensava? Como você sabe o que Rude pensava?

Eu responderia: Ora, porque sou um mentiroso.

Não. Melhor deixar essas páginas comigo.

Banho tomado, roupa nova, boné à cabeça e feliz da vida, inventariei o meu sótão. Primeiro, recolhi todos os crucifixos e os enfiei sob o guarda-roupa; as orações, picadas, foram para o lixo do banheiro, aliás reluzente. Precisaria de uma estante para meus livros, talvez ao lado do espelho. Ao lado da porta caberia uma escrivaninha com gavetas a chave; um pequeno escritório semelhante ao do meu pai. Ali poderia ler, estudar e escrever cartas, por enquanto sem destinatário. Acho que nasceu nesse momento meu impulso soturno de escrever. Eu poderia inventar histórias tão boas quanto as que eu lia, e talvez meu trabalho agradasse Isabela. Precisaria de lâmpadas: uma sobre a mesa que ainda não existia, e outra na cabeceira, para ler de noite. Isabela, é claro, não me negaria nada. Era como se desde os dezesseis anos eu já me preparasse para a cela, ansiasse pela cadeia, rezasse pelo confortável isolamento compulsório. Se os outros me assustam, por que me arriscar em público?

Foi uma premonição das boas, porque de repente uma Isabela agitada entrou com um jornal na mão:

— Juliano, leia isso aqui.

Eu li: *MENOR DESAPARECIDO. O menor J.P.P.* (foto), *de dezesseis anos de idade, está desaparecido há dois dias. O garoto, muito amado pela família, perturbou-se com o falecimen-*

*to do pai e sofre dos nervos. Pede-se compreensão e gratifica-se quem der notícia.* Seguiam-se dois endereços, o de minha mãe e o de Porto Alegre, do Parente. A fotografia, borrada, era mesmo minha, mas dos meus dez anos, e não restava a menor possibilidade de alguém encontrar alguma semelhança dela comigo. Era um pedido de quem não desejava me encontrar, mas, ao mesmo tempo, não queria levar culpa alguma para o túmulo. Senti euforia (eu era um autêntico foragido da polícia, como Billy the Kid) e temor (se me encontrassem?). Tudo dependia, mais uma vez, de Isabela, e, pior, talvez de Lorde Rude, que também surgiu no quarto, palito à boca, mãos nos bolsos, sempre sem me olhar nos olhos. Isabela aguardava minha palavra:

— E então?

— Eles... eles ficaram loucos! Eu não volto! É coisa do meu tio!

Minha voz rachou-se, beirando o choro. Eu me saí bem, porque Isabela pareceu aliviada, assumindo instantânea o teatro:

— Foi o que eu pensei. É muito desaforo. Tua mãe nem deve estar sabendo. Vou escrever hoje mesmo pra ela. Ora, se tem cabimento! Bem que ela me avisou!

Isabela falava para Rude, não para mim — era um momento incerto aquele. Lorde Rude tinha-nos à mão agora; superior, pressentia o terreno da chantagem, os lucros da situação mal explicada — e gozava o pequeno poder quase chegando à ironia:

— Bem, como policial, recomendo que a família seja oficialmente avisada, Isabela. Pode ser pela delegacia, eu mesmo cuido disso.

— Não! — exasperou-se a Rainha. — Você não está sabendo de nada. Esse tio é um carrasco, e a Maria quer que o

Juliano se livre dele. — Sacudia o jornal: — Isso aqui é coisa dele, está na cara! Que sujeitinho. — Decidida: — Deixa que eu cuido disso, Rude. Já sei o que fazer.

Lorde Rude ajeitava a gravata ao espelho, sorrindo. Demorou a dizer:

— Se você sabe, tudo bem. Fico calado.

Ele sustentava uma reserva de poder, mantendo silêncio. Nenhum lucro se me entregasse agora. Cuspiu o palito dos dentes:

— Mas faça as coisas benfeitas, Isabela. Esse assunto é sério. Ele é de menor.

Uma discreta ameaça, Rude estava feliz. Sem me olhar, saiu do quarto, fechando a porta. Ouvimos os passos curtos na escada. Isabela correu para a porta, virou a chave duas vezes, leu a notícia de novo e sentou-se ao meu lado. Severa:

— Você quer voltar para casa, Juliano? Diga a verdade.

— Não. Eu não quero. — A voz beirando o choro de novo. Era eficiente e era verdadeira.

— Não quer *mesmo?*

Eu me desesperei. Isabela parecia estranhamente insegura, caía em si: aquela proteção era absurda e perigosa.

— Não, Isabela! Não! — E comecei a chorar, de verdade: o meu castelo desmoronava. — Eu... eu fico trancado aqui, ninguém me acha!

Isabela fazia cálculos: ela sabia que eu era um risco, um risco perigoso; sabia que, me escondendo, ficava nas mãos de Rude, de quem queria se livrar; sabia que minha ocultação exigiria uma cadeia de mentiras; sabia que as mulheres da casa, na primeira chance, acabariam com ela. Isabela calculava os lucros e perdas, naqueles segundos curtos em que me olhava distante e fria; Isabela não sabia de fato quem eu era nem se eu seria um bom (digamos) escravo. Uma proteção inexplicável — e quanto mais tempo ela me pesava, como quem acorda, mais eu me vi perdido. *Eu não vou voltar, eu não vou voltar.* A Rainha não se decide; suspira, rói as unhas, desvia os olhos, volta a me fitar, de muito longe. Implorei: se ela me entregasse eu seria enforcado em praça pública e Robin Hood nem ficaria sabendo.

— Eu juro que não saio daqui, Isabela.

Não era choro agora; era pânico. Precisava reconquistá-la.

— Me ajude, Isabela...

*Vender a alma,* é a imagem que hoje me vem à cabeça. Mas ali eu era só uma criança com medo, querendo ser abraçada, e foi o que ela fez, um abraço terrivelmente solitário.

— Meu Juliano...

O que Isabela queria de mim? O que ela sentia por mim? Por que a proteção? Eu nunca soube exatamente; o que houve depois (Clara saberá) é uma outra história que ainda não existia naquele impulso amoroso. Foi um grande momento da minha vida, o silêncio e a solidão do abraço. Mas, a par disso, havia cálculos:

— Precisamos tomar alguns cuidados.

E ela enumerou os cuidados, dedo a dedo, sob minha obediência canina. Primeiro: eu ficaria isolado no sótão por um bom tempo, evitando ao máximo sair à rua. Segundo: eu deveria estudar diariamente para fazer o exame de admissão ao científico no final do ano, no Colégio Estadual; Isabela começava a ter planos para mim. Terceiro: eu escreveria uma carta à família, como se estivesse em São Paulo, tranquilizando os parentes, e ela se encarregaria de postá-la. Quarto (e ela repetiu três vezes, ameaçadora): nenhuma intimidade com as meninas da casa, um mínimo de conversa com Rude. Entendeu? Quinto: para todos os efeitos, eu jamais fiquei sabendo da notícia do jornal. Ela cuidaria do silêncio de Rude.

Finalmente: se eu fosse descoberto, a responsabilidade era só minha, certo? — e o dedo em riste não chegava a ser uma ameaça.

— Eu pedi ajuda a você, e você me ajudou.

— Isso.

— Só que eu não vou ser descoberto.

— Tomara, menino.

Ela sorriu, afinal, e ajeitou meu boné. Minha tristeza passou instantaneamente — já estava prestes a pedir a mesa, as lâmpadas, a prateleira, mas achei melhor não atropelar a boa vontade da Rainha. Antes de sair, uma breve sombra cobriu ainda o rosto de Isabela. Vacilou um segundo e perguntou:

— Você sofre dos nervos, Juliano?

Apenas uma última conferência da mercadoria — questão de olhar os dentes.

— Eu não! O meu tio que é louco!

Fui aprovado, porque vi seu sorriso. Isabela também só ouvia o que queria ouvir, nesse tempo éramos uma dupla perfeita. Assim ergue-se o amor, penso hoje. Clara dirá, com seu jeito profissional, fazendo anotações, que nenhum amor pode nascer do medo. Ou ela não me alcança, ou me explico mal. Mas há muito tempo ainda; não tenha pressa, Juliano. Antes que Isabela fechasse a porta, eu selei minha desvairada entrega, no mais baixo degrau da covardia (ainda hoje sinto o arrepio da vergonha):

— Você não vai me trancar?

Tudo que eu queria dizer era que não me importava, que eu amava Isabela com a pureza dos querubins e a força dos demônios. Ela achou graça, entre o cálculo e a surpresa:

— Acho que não precisa mais, Juliano.

À noite, já com uma escrivaninha requisitada do andar de baixo, escrevi a carta prometida, consultando as *80 cartas de amor* e a *Correspondência oficial* da minha biblioteca, de onde coletei belas frases. A carta ficou mais ou menos assim:

*São Paulo, 13 de maio de 1960.*

*Minha mãe querida, beijo suas mãos perfumadas e lhe reverencio com o meu amor. Sei que a senhora perde a paz do sono pela insensatez do meu gesto. Porém, não deve ficar preocupada, pois que estou muito bem aqui em São Paulo, onde trabalho num escritório de contabilidade e resido numa pensão próxima da Praça da Sé. Fugi mais para tirar um fardo de sua vida que para magoar seu coração muito amado. Por aqui falam muito de política e de Jânio Quadros, que há de salvar nosso querido país, e tenho aprendido muito. São Paulo é uma metrópole muito grande, há prédios, e até já andei de elevador. Tem uma família que muito me auxilia, mas não desejam que eu confesse o endereço, nem precisa mesmo, porque São Paulo é muito longe.*

*Não se preocupe, mãe querida, o amor não se arrefece com a distância, que antes o aumenta. Vou ganhar bastante numerário para cuidar da senhora e trazer minhas irmãs singelas para o convívio fraternal. Fim do ano faço exames no Colégio, e tenho estudado bastante com os livros que o senhor Antônio me emprestou. Passeio o suficiente de ônibus e o meu trabalho é bem fácil, conquanto dê um bom dinheiro. Logo mandar-lhe-ei ajuda.*

*Outrossim, custa-me a despedida, e se há algum consolo é a certeza do reencontro, que espero breve. Aceite, mamãe querida, o ósculo da minha saudade.*

*Juliano Pereira Pavollini*

17 anos

Recomeço com um lugar-comum: com o passar do tempo, o tempo perde o brilho, massa flutuante, uma ponta aqui e outra lá, entre os vazios. Quanto mais nos afastamos, mais tudo fica igual a tudo. Perdemos senso, nitidez, ângulos; perdemos a fúria. Há quem chame isso sabedoria. Se nos afastamos ainda mais, olhando para um passado que está em lugar nenhum, mas que nos lanha, queremos morrer, e também isso parece sabedoria. E há os que se aferram desesperados ao que foram, ou poderiam ter sido — passamos a vida escutando os gritos desses loucos. Comigo não acontece nem uma coisa nem outra. Tenho plena consciência de que não consegui ser nada, mas — Clara deve saber — não desisti. E não sou suicida a ponto de fingir esquecimento — há uma caixa de segredos que ficou atrás, e eu gosto dela, mesmo sem compreendê-la. Digamos que não há um só desgraçado que em algum momento da vida não tenha se transformado num pequeno Deus, não tenha pressentido o sopro do controle da vida, do tempo, da história — assim, nas mãos, palpável, uma breve eternidade.

Exponho-me ao ridículo da poesia, mas tem sentido: entre dezesseis e dezessete anos vivi momentos de plena divindade. Aquele ano está intacto como uma porcelana, e alguns instantes assomam das águas com sua tosca, mas brilhante, lapidação. O aprendizado foi miserável, confesso, mas não houve outro. É só com aquilo que eu posso contar. Por maior que seja o meu delírio, não posso mudar o tempo. Vejamos.

Aprendi a fumar, a beber, a não vomitar; aprendi a mentir com uma sofisticação nunca antes atingida. Aprendi a discernir uma enorme gama de nuances de comportamento, a avaliar, a ponderar e a controlar o meu medo, e a usar a minha força. Aprendi a arrombar casas como quem se diverte, não como quem violenta. Das miudezas, aprendi a capital da Birmânia e a resolver equações de segundo grau. Aprendi quase todos os passos da dança do desejo. Aprendi o valor da inteligência, o único valor que, no meu mundo profano, valia a pena. Aprendi todos os pequenos negócios de cada dia, os com dinheiro e os sem dinheiro. *Apreendi* a mulher, que desceu à terra, com seus contornos espessos e úmidos. Talvez não tenha aprendido a amar, quem sabe porque descobri que só eu tenho importância no mundo inteiro: é tão custoso saber, é tão violento aceitar! Aprendi, também, que há um mundo dos meus significados, que não ocupa espaço mas está em toda parte; e que há um mundo estrangeiro, dos significados alheios, que está em parte alguma mas ocupa todos os espaços. Tudo é forma mental, e tão lapidado a cada dia, no seu rumo próprio e único, que é um espanto que as coisas do mundo tenham alguma semelhança com o cinema que fazemos delas.

Pensando bem, aprendi muito e nada se desperdiçou. Passei os primeiros meses na prisão do meu sótão, sem dor — aquela solidão me fazia bem em todos os sentidos. Era exatamente o que eu precisava para sossegar a alma, esquecer minha história e consolidar minha formação. Em pouco tempo não se falou mais do meu passado; ninguém tocava no assunto. Eventualmente Isabela dizia: "Você deve sentir muitas saudades", e eu concordava, uma grossa mentira. Não sentia saudade de nada. No tempo vago, que era o dia inteiro, li todos os livros da gaveta, inclusive o Livro Proibido, que sempre me angustiava e acabava na culpa e no banheiro, e mais os livros que Isabela me trazia, meio que ao acaso, de modo que garanti uma formação eclética. No almoço ou no jantar eu sempre dava um jeito de falar — papagaio adestrado — sobre como educar os filhos, os princípios do motor a explosão, a verdadeira história de Romeu e Julieta, que morreram velhinhos numa casa de pedras na Calábria, como será o mundo no ano 2000, com suas calçadas rolantes e seus helicópteros atômicos para transporte individual, como os chineses inventaram a pólvora e os segredos que Tutankamon levou para o túmulo, até hoje indecifrados, como são feitos os filmes em Hollywood, as provas definitivas de que Napoleão foi assassinado na ilha de Elba por envenenamento (ele tinha uma amante que serviu de cúmplice), as características do ornitorrinco e por que a girafa tem pescoço comprido. E mais: no cafezinho, declamava trechos inteiros de *Iracema*, que levava Dolores às lágrimas, tão bem fingidas que chegavam a ser reais, trechos de *As mãos de Eurídice*, com um comovente canastranismo que se encerrava súbito numa crise de vergonha e numa corrida (feliz) para o sótão. Era esperar um pouco e Isabela subiria para conferir, como sempre, se tudo estava em ordem. É claro, estava tudo em ordem. Ela me beijava a testa, diria boa-noite e fecharia a porta, porque à noite começaria a vida real, à qual eu ainda não tinha acesso.

Em suma, Juliano era o mascote da casa, amado e respeitado como um pinguim de verdade — quem é contra um pinguim? —, e um mascote que descobria rapidamente a senda da salvação: eu era inteligente, *inteligentíssimo!* Eu era uma *sumidade!* Eu tinha o dom da palavra e do saber; bastava tocar algum ponto da minha timidez, provocar de viés o meu silêncio, e a enciclopédia abria suas páginas para a plateia analfabeta, maternal e reverente.

Mas um mascote, para minha única desgraça, intocável. Ainda que aquela rede de carnes sorridentes e perfumadas, aqueles peitos e coxas por toda parte, acessíveis, ao alcance da boca, dos dedos, roçando todos os poros do meu desejo e dos meus sonhos, apesar das ligas negras, aqueles bicos de repente para fora, breves línguas, a voz rouca de Débora e os dentes, embora as costas nuas, as bundas desenvoltas nas calcinhas, os súbitos e fugazes pelos de uma escada subindo, de uma perna rápida sobre a outra, e os joelhos, o peito de uma inesperada inclinação, os umbigos e os lábios de todo dia, os esbarrões de braços, de traseiros, na porta sempre estreita, mesmo com o suspiro de uma ou de outra me olhando nos olhos tão fundo que eu morria, embora tudo que me palpitava, polvo de mil cabeças (entre elas o terror de dona Deia, ríspida, recolhendo meu prato ainda inacabado), embora tudo — eu era intocável a ferro e fogo pelos cuidados devorantes de Isabela. Quem se atreveria? Eu é que não, por mais que o fogo me corrompesse, porque eu ainda não tinha o dom difícil da traição. Ou talvez, mais prosaicamente, porque eu era sexualmente retardado. (Clara sorri, anotando.) Ou ainda, mais friamente, porque eu era um retardado completo. (Clara ri solto, agora.)

Não sei. O fato é que o pavio se acendeu, e queimava.

Clara não parece satisfeita, o que me põe em guarda. Ela quer que eu descreva *momentos específicos,* não generalidades. Seria mais útil, ela esclarece, profissional. Instantes que *marcaram;* poderei me lembrar deles? É claro que sim — e sigo o ótimo conselho da minha psicóloga, que a cada trinta dias me visita. Talvez eu esteja muito otimista, mas ela não me considera mais louco, como visivelmente me considerava das primeiras vezes. Também não sou mais, é ela quem diz, uma *vítima,* e tampouco *inimputável,* que linda palavra!, ainda que de algum modo isso pudesse me ajudar.

*Momentos específicos.* Mergulho na desordem cronológica daquele ano e começo relatando minha rica experiência com o professor Elias — na verdade um jovem de vinte anos, que uma tarde entrou no sótão pela mão de Isabela, com livros debaixo do braço e uma timidez semelhante à minha.

— Contratei o Elias pra te dar aulas particulares. — Explicava ao professor: — Ele é um menino muito aplicado, mas tenho medo que, sozinho, acabe caindo na vagabundagem. A mãe dele me mata! E o exame do Colégio não é fácil.

Fiquei irritado com aquela falta de confiança e, principalmente, com a invasão da minha privacidade. Tenho medo de estranhos, e a prática do isolamento cria seu próprio prazer. Mas em pouco tempo — digamos, duas aulas — passei a gostar de Elias, que demonstrava sem alarde o buraco imenso da minha ignorância e apreciava falar dele mesmo, de modo que a hora prevista se transformava em duas ou três. Assim, enquanto aprendia raiz quadrada, orações subordinadas, a proclamação da República, o teorema de Pitágoras, a extensão do rio Amazonas, descobri também que Elias era estudante de Direito na Federal, funcionário concursado do Banco do Brasil, noivo da filha de um subgerente de uma loja de sapatos, com casamento vagamente marcado para algum ano futuro. Descobri que morava numa pensão no largo da Ordem e que a família era de longe. A par disso, Elias era feio, o rosto esburacado de bexigas e tímido; evitava me olhar nos olhos, exceto no final da aula, quando acendia um cigarro e desandava a falar — então, Elias brilhava, criança como eu. E, numa dessas vezes — um ou dois meses depois, quando já era grande a intimidade —, descobri o inacreditável: Elias era *comunista*!

A descoberta me encolheu de pavor e me atraiu secretamente: baixávamos a voz. Pouco a pouco, paciente, didático, mas sempre com um brilho nos olhos, ele me explicou as injustiças do capitalismo e do imperialismo ianque, o irreversível avanço da Revolução Proletária, a exploração dos trabalhadores, as conquistas dos soviéticos, a nova história e o Paraíso Prometido. Às ocultas, trazia volumes do Editorial Vitória, lia trechos, explicava partes obscuras — quase tudo para mim era obscuro, mas não tinha importância, a magia éra cristalina — e levava cuidadosamente os livros de volta. Em solidariedade, pus no lixo todos os exemplares sebentos que restavam das *Seleções,* esses gananciosos abutres da nossa miséria. Mas isso ainda não é nada: lá pelo quarto mês de aulas, ele me *provou,* por a + b, que Deus não existe, e que só o materialismo dialético explica cientificamente as coisas deste mundo — porque não há outro. Ao final, acendia mais um cigarro e me olhava de viés, *brilhando*, respiração opressa, um sorriso a um tempo superior e temeroso, lá no fundo uma desconfiança de que havia passado dos limites, que se arriscava por nada, pronto a entrar em depressão.

— Então... Deus foi *inventado?*

— É isso, garoto.

E balançava a cabeça com estoicismo: há tarefas históricas imensas pela frente, e só o homem revolucionário pode revolucionar o mundo. Bufei orgulhosamente de ódio pela burguesia e pelo meu passado cristão. Eu tinha agora o álibi perfeito de todas as minhas revoltas e o alimento fértil da minha solidão. Fechava tudo! Que vontade de chegar à mesa, em meio a todas aquelas vítimas da exploração social, e gritar: Vamos à revolta, Deus não existe! Imediatamente relatei meu plano ao professor Elias: era preciso dar consciência àquelas mulheres, espalhar rapidamente as novas ideias pelo mundo inteiro, tirar as pessoas (como Isabela) de dentro das igrejas, libertar os operários, exigir o novo mundo! No atropelo febril das minhas descobertas, sugeri que o próprio Lorde Rude poderia nos ajudar, por que não, ele era da polícia, tinha as armas — é só uma questão de lógica e de consciência! *Impossível* alguém não concordar com a salvação do mundo! Eu já me imaginava discursando emocionado à hora do jantar, pondo fogo nos crucifixos de dona Deia, instaurando um hotel socialista pronto a receber as vítimas da fome e...

Elias pulou, derrubando a cadeira, num espasmo horrorizado:

— Você ficou louco, guri!? Quer que me fuzilem?

Empalideci, boquiaberto, ouvindo o cochicho trêmulo:

— Eu sou do Partido! Você entendeu? — Implorou: — Não fale nada. Não fale nada a ninguém, nunca! Ou você nunca mais vai me ver!

Continuei boquiaberto. Elias juntou a cadeira, sentou-se e colocou a mão no meu ombro. Talvez ele estivesse envergonhado da covardia, do grito quase histérico de medo. Aliás justificado: o pupilo era muito burro. O professor recuperou a frieza, sempre em cochichos. Fez-me ver o quanto eu era ignorante — e eu, arregalado, apreendia rápido:

— Escute, Juliano. Sem organização, sem partido, não se faz nada. O que você propõe é o mais miserável anarquismo burguês, a solução individualista. Esse esquerdismo é a doença infantil do comunismo. Você não pode se entregar de mão beijada ao inimigo. Pense também nos outros: um gesto impulsivo, e rolam cabeças...

Concordei, sem respirar. O episódio me *quebrou* — eu não passava de um individualista burguês, talvez nem isso, apenas um lúmpen, ele estava certíssimo, e levaria muitos anos até que eu conseguisse ser outra coisa. Era preciso estudar muito, era preciso *ciência,* não paixão. *A pressa não é revolucionária, Juliano,* ele cochichou três vezes, temendo que eu não compreendesse e pusesse em risco a vida de todos nós. Mas eu compreendi, balançando repetidamente a cabeça: era a noção de *gravidade* que eu apreendia agora, o peso intangível da solidariedade humana. Mais tranquilo, ele enxugou o suor do rosto, abriu um livro ao acaso e recomeçou:

— Qual a capital da Suécia?

Antes que eu respondesse: "Reikjavik? Um lindo nome!", ele fechou o livro e segurou meu ombro. Era meu amigo.

— Chega por hoje. Que tal a gente tomar uma cerveja aí embaixo? Elas servem?

— É claro!

Como compensação ao meu desastre, mostraria agora que eu era dono da casa, que Elias podia contar comigo. Ele enfiou a mão no bolso, sem graça:

— Só que estou meio sem dinheiro...

— Deixa disso, Elias.

Desci lépido a escada, entrei na cozinha, fingi que tudo aquilo era meu:

— Débora, traz uma cerveja pra gente. Do fundo do baú.

Era uma expressão que eu ouvia dos fregueses da casa, e repeti agora, um papagaio ridículo. Ela me olhou espantada, mas não dei tempo — puxei Elias ao salão, naquela hora morta de fim de tarde, ninguém à vista. Temi que Isabela aparecesse, a me punir com a simples presença da autoridade. Elias rodava pelo salão, sorridente e intrigado — talvez se perguntasse que diabo eu fazia naquele bordel, coisa que nem eu sabia. Eu nem sabia o que era um bordel. (Quer dizer: saber eu sabia, mas de viés; recusava-me a pensar no assunto.) Escolhi uma mesa, puxei a cadeira, Elias sentou em seguida, olhando em volta. Imagino que ele se mordia por fazer perguntas, mas calava-se, talvez em respeito à minha infância retardatária. Débora entrou rebolando seu vistoso par de coxas. Gestos afetados — no salão ela era um artifício completo, uma boneca de corda —, depositou a cerveja e os copos, sempre me olhando, um quase escárnio no rosto:

— Está muito mandãozinho hoje. Que é que houve?

Respondi um canhestro *não encha o saco* — estava na hora de mostrar minha força, o que Elias pensaria de mim? — e fui desarmado pela gargalhada.

— Olha só, o Juliano!

Sustentei a pose, sangue à cabeça, e prossegui.

— Essa põe na minha conta.

— É claro, garoto!

Ela ia dizer qualquer coisa — talvez: *A Isabela já sabe?* —, mas teve pena de mim. Saiu como entrou, mostrando as coxas lentas para o olho pregado de Elias. Ele virou a cabeça com esforço, brindamos e bebemos — e o primeiro copo já me deixou levemente transtornado. Enchemos e esvaziamos os copos novamente; Elias disfarçou o arroto e — estava eufórico — disparou:

— Você deve comer toda essa mulherada aqui, hein?

Engasguei, tive um acesso de tosse, que estiquei pensando na resposta. Era um Elias *safado*, bem diferente do meu professor; a timidez se abria numa malandragem envergonhada de quem não é do ramo. Tapinhas no meu ombro:

— Tudo bem, Juliano. Não precisa falar. Você é um felizardo, mulher de graça todo dia! — E riu sinistramente, virando o rosto.

Foi uma decepção — quer dizer, ele não mantinha mais sua dignidade de professor; por outro lado, eu arrombava as portas da vida adulta: ou eu aprendia a me defender ou seria devorado mal saído da infância. Não respondi nada; continuei bebendo e desenhando um sorriso superior no rosto. Percebi que eu era *invejado*, ainda que por motivos tortos; e que havia mais vergonha no meu mestre do que na minha vida anômala. Tentei mudar de assunto, voltar a Deus, ao materialismo dialético, à capital da Suécia, ao exame do fim do ano — mas Elias estava literalmente tomado pela perspectiva das mulheres, pela sombra, pelas sugestões da casa, cerveja atrás de cerveja. Queria detalhes, preços, condições, hábitos, tempo — queria *trepar*, que se fodesse a ciência, já mais bêbado que eu. Uma hora depois, atreveu-se a agarrar a cintura de Débora, numa coragem e num pânico depravados, e levou um tapa furioso na mão, de autêntico desprezo:

— Eh, rapaz!? Que é que está pensando?

Ele ergueu os braços, pedindo perdão e ocultando o rosto, em seguida:

— Brincadeira, brincadeira...

Débora quase quebra a garrafa na mesa:

— Vá brincar com as tuas negas.

Depois que ela se foi, Elias agarrou meu braço. Era a perfeita miséria, o bêbado em fim de carreira:

— Você, que é da casa, bem que podia me arrumar uma... — e balbuciou, talvez até pensando em trocar por aulas.

Senti nojo, um nojo verdadeiramente adulto — e não tive piedade:

— Te vira, professor. — Usei a palavra nova: — Não sou gigolô.

— É claro. É claro.

Quando ergueu o rosto, vi que tinha os olhos molhados e fungava. Ele era um homem muito feio. Eu gostei dele naquele momento, de novo: era um homem desesperado, no fundo do poço, mais ou menos como eu, só que sem armas. Eu tinha a força da infância e a força da ingenuidade; ele não tinha mais nada. Vi os olhos dele saindo do buraco — por que desmoronava tão subitamente, para nunca mais, como um fim de festa?

— Desculpe, Juliano... — mas não admitia a pequena derrota. — Essas vagabundas pensam que...

Era a mim que ele queria ofender, igualmente. Quando olhei para o lado, vi Isabela. Ouvi a ordem de sempre:

— Suba, Juliano.

Eu me ergui, pálido — mas tive força para esclarecer, sem rachar a voz:

— Eu pago a cerveja, Belinha.

Ela respeitou meu teatro, sem falar. O professor Elias abriu um sorriso torto e soltou um palavrão de vulto, entremeado no arroto. Percebi Lorde Rude à porta, em guarda — tratavase de uma breve operação de guerra, como tantas de tantas noites: livrar-se de um bêbado chato. E de um professor inconveniente, como logo descobri. Deixei Elias com ele mesmo e saí; ao pé da escada, esbarrei em Débora.

— O bexiguento ainda está lá?

Ouvimos um copo no chão e a súplica esganiçada, talvez com o meu endereço:

— Deus não existe, porra! Só isso!

Não ouvi nem vi mais nada. No quarto, encontrei um cigarro esquecido, que fumei mais tarde, o primeiro da vida. Fiquei mortalmente nauseado — na segunda tragada corri ao banheiro para vomitar cerveja, nojo, nervos, e um resto de inocência. Eu ainda não era um homem, mas já me sentia adulto, o suficiente para não perguntar a Isabela por que Elias nunca mais apareceu. Dois meses depois, encontrei-o, na outra calçada. Atravessei a rua para conversar, feliz com o reencontro, mas ele custou misteriosamente a me reconhecer, empertigado. Como me plantei à frente, ele não pôde fugir. Eu queria dizer que sentia falta dele, que agora não tinha mais professor, que minha tia considerava desnecessário, que eu já sabia tudo. Ele disse:

— Como vão as putas, guri?

O meu espanto — no primeiro instante, só espanto — não foi suficiente. Ele completou:

— Tenho pena de você.

Não sei até hoje o que ele pretendia, mas acho que fracassou. Fiquei parado, vendo Elias se afastar. Sempre tive a faísca meio atrasada. Apesar de tudo, devo muito ao meu professor. Sem ele, é possível que até hoje eu estivesse lendo *Seleções*.

*Momentos específicos.* Vejamos.

Minha convivência com Odair foi possivelmente a mais frutífera daquele ano (ainda que os frutos a que me refiro não sejam nenhum modelo a ser seguido) — e no entanto começou de forma violenta e traumática. Não gosto de lembrar, mas Clara insiste. Aparentemente ela gosta muito do que escrevo, mas eu preferia que fosse eu o amado. É assim: escrevo para ser amado.

Nosso primeiro encontro foi súbito, rápido e catastrófico. Em cinco ou seis segundos passei de um bem-estar delicioso — eu estava de banho tomado, limpo, bonito, bem-vestido, feliz — para um holocausto terrível, um descontrole brutal em que me vi simultaneamente carrasco e vítima, e, pior, vivi uma lancinante sensação de *fim de linha,* de algo irrecuperável, como quem mata alguém e logo se arrepende. Mais cedo ou mais tarde nos arrependemos de tudo, mas é preciso tempo, preparação, iniciação, os neurônios são lentos. Ali, não: foi simultâneo. Pois eu descia minha querida escada em espiral, descia do meu alto posto, da minha ponte de comando, com a segurança de um lobo do mar que domina os mistérios do oceano, com gestos seguros e medidos, com a consciência daquela pequena grandeza adolescente, de quem pode tudo, de quem pertence definitivamente ao mundo adulto, de quem agora vai beber uma cerveja, fumar um cigarro, ouvir Nelson Gonçalves, estender as pernas na cadeira em frente e vigiar a movimentação multicolorida das mulheres do harém, quem sabe conversar futilidades com Lorde Rude, o boné quase cobrindo os olhos num fim de tarde preguiçoso, quando Odair surgiu à minha frente, cicatriz na testa, olhos azuis aguados, mãos no bolso de um paletó puído, e um sorriso de dentes tortos e sujos e escarmentos, de quem, na sua baixeza, se eleva a Deus por fraude — e sem nunca me ter visto antes, esbarrando seu ombro mais alto em mim, disse qualquer coisa como: "O viado vai desfilar?", ou "A bonequinha vai viadar?", o que ouvi quase que simultaneamente a uma gargalhada que veio bombástica da cozinha (por outras razões, suponho hoje). De maneira que, irresistível compulsão, dei um murro, um puta murro, de baixo para cima, no nariz de Odair, como quem mata um porco com uma única marretada. Ele estava na boca da escada, tinha acabado de subir, mal firmara os pés no chão, quando voou para trás numa queda espetacular, como uma cadeira desconjuntada rolando degraus abaixo até se imobilizar na beira da calçada. Ele se cristalizou, eu vi — estava morto, certamente, cortado nas sombras por uma barra de sol. Senti o gelo da morte na alma, na *minha* alma, que vazia de tudo tentava voltar ao corpo petrificado. Com dezesseis anos e meio eu *fui* um homicida. Não despregava os olhos da coisa imóvel lá embaixo, enquanto juntava gente atrás de mim, com as mulheres e Lorde Rude. Acariciei meu punho fechado, de pontas esfoladas, e meus dentes batiam. Não respirei. A coisa se moveu, ficou de quatro, apoiou-se no batente da porta e cambaleou para fora, ressuscitada. Continuei olhando a porta agora vazia, vi uma cabeça de criança espiar sorrateira e sumir em seguida, ouvi suspiros, cochichos, depois vozes mais altas e logo risadas, todos em volta do grande espanto que eu me tornava, e até um inesperado apoio: "Esse Odair é um vagabundo mesmo!", mas ninguém me perguntou nada. A mão de Lorde Rude no meu braço:

— É isso aí, guri. Respeito se ganha assim.

Gritou por uma cerveja e me puxou para o salão, me abraçando forte. Entrei e avancei mais alguns metros no espaço adulto, pela porta sólida da barbárie. *Eu* não sentia orgulho, eu não sentia nada, a alma em outra escuridão. Quando brindamos à minha estupidez, minha mão tremia tanto que derramei cerveja. Lorde Rude explicava:

— Tomara que esse filho da puta tenha quebrado a espinha, pra ficar aleijado o resto da vida. Assim eles aprendem. — Apertou o meu ombro por sobre a mesa, um homem solidário: — Você vai ver que daqui pra frente o trato vai ser outro. A notícia se espalha.

Gargalhamos, ele feliz, eu vagamente incomodado, sem descobrir onde estava a culpa do murro, embora ela doesse. Quando Débora abriu outra cerveja, percebi a deferência, o Juliano substituindo o menino, o olhar curto, secreto, um súbito desafio — por que não *trepar* com ela? —, e recomecei a tremer, lembrando o Livro Sagrado e Proibido. Vontade de sair dali, de ir ao sótão, de ficar sozinho.

— Você precisa ir um dia à delegacia comigo. Lá sim, você vai ver o tipo de gente que a gente tem que lidar. Só na porrada. Mas bebe aí.

Encheu meu copo. Eu não conseguia mais ficar bêbado com facilidade.

— Odair, o nome dele? Então o senhor... você conhece?

— É um bobo alegre. Metidinho a besta, um coitado. Conheço o pai dele, é bicheiro, tem um bar na Sete. Já pegou cadeia por crime. Agora ajuda a gente. Tem uma filha puta.

— Ah, então está explicado — eu disse, assimilando rápido todas as nuances da estupidez. Mas o figurino ainda não me servia; o nó na garganta, tremor nas pernas, o gelo no rosto. Acendi um cigarro.

Lorde Rude se recostou, investigando preguiçosamente dois fregueses que se aboletavam em outra mesa. Paletó aberto, vi o cabo do revólver brilhando. Logo duas meninas se juntaram aos visitantes, coxas e risos, cuba, uísque, cerveja e beijos. Enfim, voltamos um ao outro.

— Sabe, Juliano — era um tom paternal, de amigo, a mão no meu braço —, logo logo você vai poder me ajudar. E muito.

Um ser desagradável, mas me inclinei, interessado. Haverá uma vida em que não se tenha medo dos outros?

— É mesmo? Como?

Ele piscou, carinhosamente:

— Você vai ver. Acho que você tem uma carreira pela frente, Juliano. O que é preciso: se controlar um pouco e usar a cabeça. Só isso. — Apontou a própria testa, didático. — Usar a cabeça.

Recostou-se de novo, desviando os olhos, num pequeno triunfo. Era uma discretíssima repreensão, com um fino manto de ameaça. Me encolhi um segundo, defensivo. A ideia era boa: *que eu usasse a cabeça.* Mas como se usa a cabeça?

— Logo começamos as aulas de tiro. Que tal?

Era um presente, ele se abria num sorriso, como que desembrulhando o pacote, puxando as fitas, sob meu olhar fascinado: eu seria um Sherlock Holmes, pensei, ajeitando o boné. Um detetive à beira do abismo, um leão solitário entre os paredões negros de Nova York e Chicago, eu seria qualquer coisa que eu quisesse ser, eu tinha punhos de aço e uma cabeça de enciclopédia, que, bem usada, vingaria a massa dos exploradores e dos famintos de justiça...

Isabela — eu já pressentia, voltando a cabeça a todo instante —, Isabela não gostou de nada. Não gostou do murro, do incidente, não gostou do diz que diz das mulheres na cozinha, do meu inesperado status de homem violento e implacável, não gostou da alegria paternal de Lorde Rude, não gostou do meu entusiasmo pelas aulas de tiro, não gostou da minha pose de homem novo, da minha segurança, da minha cerveja, do meu sorriso, não gostou de nada, e bastou um olhar para me transformar na criança de uma hora antes. A cena já se repetia com frequência: quatro ou cinco vezes por mês eu interrompia meus estudos e descia para beber, e mais copo menos copo ela aparecia para me tirar dali, para me trancar no sótão, para me preservar. Eu até já me acostumava com aquilo, era um jogo. Aquele ano foi assim: um contínuo jogo de força entre os impulsos ainda inocentes de autonomia e a atração segura dos braços de Isabela, de seu severo bom senso. Ela sim usava a cabeça. Era um momento tenso e sorridente, prenhe de ameaças e de promessas:

— Suba, Juliano. Já vou falar com você.

E lá subia eu, amando Isabela, minha escudeira leal. Eu sempre acabava tomando outro banho só para esperá-la, e de cabelos penteados enterrava-me nos livros, lendo a mesma coisa trinta vezes, à escuta do ranger da porta. Quando eu começava a perder as esperanças — era sempre assim — a porta se abria num repente, e o tom de voz era outro, imprevisto, o assunto também errático:

— A Deia não arrumou a cama hoje?

Ou:

— Abra a janelinha, Juliano! E deixe a porta do banheiro aberta, pra ventilar.

Ou, pior ainda, porque então era só um sorriso e a mão nem largava a maçaneta:

— O jantar está na mesa, Juliano!

Em qualquer caso, eu admirava a arte com que ela num segundo desfazia o mal-estar da minha prisão, suavizava o seu poder, alisava as arestas do meu medo ou da minha revolta. Eu me encolhia, solitário e prazeroso. Ó minha amada noiva, visão pretérita que nunca se torna realidade!

No dia do incidente, ela não demorou muito a subir, mas o assunto deu voltas: os meus estudos, o pó da penteadeira, o frio que ia fazer à noite, o preço absurdo dos cobertores novos, o cansaço de Isabela. Era como se, falando de tudo aquilo, ela fosse me testando, avaliando a minha maturidade, a minha resistência, o meu desejo de voar sozinho, os graus da minha segurança. Era como se ela, a cada dia, testasse a força do próprio Poder, como a Rainha ao espelho. Só então ela disparou, depois de um suspiro:

— Juliano, eu soube do que aconteceu. Não gostei.

Eu mergulhava instantaneamente nas delícias da covardia:

— Desculpe, eu...

Mas desta vez era grave:

— Por favor, *não se meta com essa gente*. Você é de outro nível. Você não tem nada a ver com eles, meu querido, você não tem nada a fazer lá embaixo. — Horrorizava-se: — Você já pensou, Juliano, se você mata aquele idiota, o que é que ia acontecer para você, para mim, para nós dois? — Ela se aproximou, ela *sabia* que era bonita, que me encantava, que me destroçava de paixão. — E, cá entre nós, Juliano, que não saia dessa porta. (Segurou minhas mãos.) Fique longe do Rude, pelo amor de Deus fique longe do Rude. Ele é uma boa pessoa, ele me ajuda muito, mas ele não presta, você entende? Fique longe dele, dos amigos dele, fique longe desse povinho que frequenta essa merda, você entendeu?

Os olhos de Isabela estavam molhados, ela fingiu que era um cisco. A voz fria:

— Você está estudando mesmo?

Fui duplamente infiel a Isabela. De um lado, sonhava com as mulheres, todas as mulheres; de outro, cortejava a gentinha que frequentava o hotel, ansiando por me tornar um deles, por arrotar aquela deliciada autossuficiência. Como a de Odair, que alguns dias depois de morto reapareceu, ostentando um escandaloso curativo de gaze e esparadrapos em cima do nariz quebrado, como quem carrega uma condecoração de guerra, como quem cultua a desgraça, orgulha-se dela, transforma o aleijão em glória, como quem afronta, sem vergonha, pedindo mais: eu admirei aquilo.

Novamente um encontro súbito, mas antes que eu recuasse de medo — *eu* seria o morto agora, e não tinha ódio para me defender — ele abriu o mesmo sorriso torto e cínico, com o roxo dos lábios, e disse:

— Vim pedir desculpas, cara.

Ele era dono de si, mãos nos bolsos; circunvagava o olhar pelo salão vazio, feito um sócio proprietário. Virou o rosto para mim, pontudo, atravessado por aquela bandeira branca gloriosa, a prova de sua grandeza desgraçada, e até percebi que ele puxava um tantinho a perna, moída na escada, talvez houvesse ali um parafuso a mais para mantê-lo em pé, e talvez ele estivesse pronto a rasgar a camisa, a mostrar os hematomas, cortes e pontos costurando o peito triturado, para que não restasse nenhuma dúvida de seus destroços, do que ele era capaz de sofrer:

— Me enganei. Só isso.

Nenhuma humildade, apenas uma empáfia indiferente. Fiquei imóvel, pé atrás, admirando aquela rocha esfarrapada e tentando adivinhar o próximo lance, que veio logo:

— Pedi desculpas, porra.

Assimilei imediatamente o jeitão:

— Tudo bem, cara.

Enfiei as mãos nos bolsos e empinei o queixo, ao modo dele. Ele avaliava o salão, mas não gostou:

— Que tal a gente dar uma saída? O movimento aqui ainda vai demorar.

Segui mecanicamente atrás dele. Sair era de fato uma boa ideia, ventilar minha clausura, e agora era eu que me esforçava por agradá-lo — desfazer aquela horrível impressão do murro. Quando descíamos a mesma escada, passo a passo, senti o medo: haveria uma vingança, eu seria empurrado, na calçada estariam João Bafo de Onça e os Irmãos Metralha, prontos a me quebrarem a cara — mas não houve nada, só o sol de Curitiba no fim de tarde. Fui aprendendo e me espantando com Odair, em direção à estação ferroviária. Ele chutava pedras e latas do caminho, assobiava para as mulheres, cuspia com arte, esbarrava em velhos e achava graça, discutia com crianças de rua, e ainda roubou duas cocadas de um camelô com tanta habilidade que nem eu percebera.

— Qual você prefere? A branca ou a preta?

Preferi a branca. Era uma caminhada de demonstração, em que ele fazia as coisas e eu as admirava, espantado por admirar alguém que era tão completamente o meu oposto, educado a ponto de levar um murro irracional e pedir desculpas e brutalizado o suficiente para empurrar velhinhas. Tudo com a consciência tranquila de quem é capaz de roubar um camelô de beira de calçada e chamá-lo de idiota entre uma cuspida e outra uma quadra adiante. Sem falar da superioridade do seu nariz quebrado, do seu queixo erguido, de sua mortal indiferença aos seres e às coisas. Admirei, um exemplo entre tantos, o modo como chutou um vira-lata do caminho e ainda rugiu de volta, batendo o pé, gozando o terror do bicho em disparada. E as mãos quase sempre nos bolsos, a espinha reta, a pose. O mundo era dele.

Descemos a Sete de Setembro — ao acaso de uma tranquila vagabundagem, em que a cada passo eu ansiava por ser semelhante ao meu inimigo — e entramos num bar sórdido, com duas mesas de bilhar encardidas e meia dúzia de bêbados encostados no balcão. O careca grosso que cuidava do boteco, a mesma cicatriz na testa e a mesma arrogância, sustentada por braços enormes, era o pai de Odair, mas um não tomou conhecimento do outro. Achei meio estranho aquilo, de Odair já ir pegando os tacos sem pedir licença, de exigir ao dono: "Passa as bolas!", e recebê-las sem um muito obrigado em troca, de ir ele mesmo ao freezer e tirar uma cerveja, abri-la, e depois deslizar o copo pelo balcão sebento, para mim: "Pega aí, cara!", como Jack Palance, tudo em meio a um silêncio que me pareceu exagerado, o silêncio que antecede uma catástrofe; mas as coisas ali eram assim mesmo. Os bêbados se olhavam e balançavam a cabeça e depois sugavam mais um copo de cachaça e o velho destampava a rolha da garrafa e enchia o copo de novo e passava um pano sujo no balcão e apertava a máquina registradora, vendo o filho à frente a jogar bilhar com um garotinho bem tratado, e alguém falava alguma coisa preguiçosa, outro fazia que agarrava uma mosca e nem conferia o resultado e assim por diante.

Fiz um esforço razoável para me adaptar à geografia. Odair passava um toco azul na ponta do taco e eu fazia o mesmo; me explicava sucintamente o jogo e eu fingia já saber; dava um gole de cerveja e arrotava e se encostava no balcão e eu bebia, arrotava, ficava vermelho e me encostava na parede — quase derrubei o time completo do Coritiba Football Club —, e ele ia metendo uma bola atrás da outra na caçapa enquanto eu me esforçava para não rasgar o pano. Eu era Pinóquio na ilha dos Prazeres, já quase sentindo o rabo e as orelhas crescendo, sob o olhar gordo de Stromboli, mas estava achando fascinante, desejando ardentemente adquirir o *aplomb* real de Odair, com curativo no nariz e tudo, aquela sublime indiferença, e a cada tacada me sentindo mais seguro, antevendo o olhar de superioridade quando voltasse ao ninho, como quem, enfim, se tornou adulto. Isabela saberia, finalmente, quem era Juliano Pavollini. *Eu* cuidaria dela.

Terminada a segunda cerveja e cinco partidas — perdi todas —, saímos de volta à rua, já anoitecendo, sem que pai e filho trocassem palavra. Achei aquilo soberbo. Um quarteirão adiante de silêncio, descobri que Odair não queria passar por arrogante, pelo menos comigo:

— Cara, você joga meio mal, mas tem classe. É questão de tempo.

— Porra, nunca joguei essa merda.

Me saí bem nos palavrões — e dei uma cuspida madura na calçada. Fomos avançando meio sem rumo. Quando atravessamos os trilhos do trem, Odair confessou:

— Tenho um sonho. — Era bonito vê-lo ao anoitecer, aquele jeito de olhar para a frente, a indiferença. — Encher esse trilho de paralelepípedos só pra ver o trem de carga se embucetar no viaduto.

Ele ainda se voltou, *vendo* a cena. Eu *ouvia* o ranger dos ferros. Gostei:

— A ideia é boa, cara.

Mas continuamos, ficava para outro dia. Passamos o campo do Ferroviário, contornamos os trilhos e seguimos, já noite fechada. Eu queria tomar mais cerveja, o efeito balão já estava sumindo. E queria conversar, estava inspirado, estava feliz.

— Odair, você sabia que Deus não existe?

Ele parou e me olhou. Cuspiu.

— Sério, cara?

— Sério.

— E o Diabo?

Pensei um pouco. Do Diabo eu não tinha informação.

— Não sei.

Ele continuou a andar.

— Que se foda!

Andamos mais um pouco. Acendeu-se uma fileira de postes na rua de chão batido, uma casa aqui, outra lá.

— Quantos anos você tem, Juliano?

— Quase dezessete.

— Estou falando? Você é foda! Mas com esse troço de Deus eu não me meto.

Eu queria continuar conversando.

— Por que você não fala com o teu pai?

— Eu não falo?! É claro que eu falo. O velho é bacana.

— Isso é.

Se meu pai me pegasse jogando bilhar, me arrastaria pela orelha através da cidade inteira de volta a casa. Mas meu pai estava morto. Uma sensação engraçada, faltava chão para apoiar o pé.

— Meu pai morreu.

Ele ficou quieto. Eu pensava.

— Acho que o Diabo também não existe.

Subitamente Odair lançou-se em garra sobre mim, dando um urro medonho, de dentes, e três pulos seguidos, para matar. Eu recuei ao ponto mais alto de terror de toda a minha vida e caí sentado à beira do inferno. Não teria nenhuma chance. Ele parou e explodiu numa gargalhada, se torcendo inteiro de alegria e de prazer. Fiquei no chão, coração disparado, tentando entender.

— Então Deus não existe, é, seu porrinha?

Fiquei puto. Aquele idiota não sabia pensar.

— O que tem a ver o cu com as calças?

Ele continuava rindo, escarmento.

— Você aí todo encagaçado nas fraldas e não sabe o que tem a ver?

Percebi que ele era *burro*, mas isso não me ajudava em nada. Era outra coisa que me preocupava agora, um medo galopante: uma rua escura, um louco e uma vingança. Ele esticou o braço:

— Toca aqui, cara.

Agarrou minha mão e me puxou. Fiquei em pé.

— Tudo bem? Na santa paz?

— Claro. Eu logo vi que era brincadeira.

Ele sentiu o meu medo, que não era pouco. Ficou sério.

— Você viu o que você fez no meu nariz?

Fiquei quieto. Outra golfada brutal de medo. Ele era um palmo mais alto e tinha a iniciativa. Eu teria de correr, mas não me movi. Ele balançou a cabeça, como quem avalia. A luz do poste estava longe, a gente era sombra.

— Cara, você é peitudo. — Espetou o dedo no meu peito. — Eu podia *matar* você, te jogar aí no trilho, e amanhã eles iam passar o dia juntando os pedaços. É melhor você acreditar em Deus.

Acreditei, em silêncio. Ele continuou me avaliando, já com simpatia, e apesar do pavor achei que estava salvo. Odair gozou por mais alguns segundos a sua imensa superioridade, enquanto minha respiração começava a voltar ao normal. Eu senti que ele não queria me perder. Era uma espécie de jogo. Previ a conciliação que se armava. Estendeu o braço e sorriu.

— Tudo bem, cara?

Concordei, sem falar. Mas ele queria ouvir minha voz, assegurar-se:

— Você é bom, Juliano, bom *mesmo*, mas tem que tomar cuidado. Você me fodeu a cara, mas eu não guardo raiva. A gente pode trabalhar junto. Que tal?

Ele não largava minha mão. Concordei, suado.

— Tudo bem.

Ele riu:

— Você não pediu desculpa pelo soco, eu não peço desculpa pelo susto. Mas que foi um puta susto e... ah-ah-ah...

Outra gargalhada, desta vez com a minha ajuda. Agora estávamos mais próximos — nascia ali uma amizade sólida, para o resto da vida, e continuamos a andar. Eu ainda não entendia o que era "trabalhar junto", mas logo veio a prova de fogo, diante de uma casa simples, bonita, com a varanda em arco, janelas fechadas e terrenos em volta. Paramos. Odair sorria:

— Que tal?

O maldito coração voltou a bater com força. Recomecei a suar. Ele insistiu: "Hum?" — e eu percebi que desta vez não havia recuo. Fingi segurança, mas a voz tremeu.

— Tudo bem.

— Esse povo só volta amanhã. É um passeio. Só tem um probleminha, que a gente resolve.

O plano era antigo: há tempos ele controlava os horários da casa. Recolheu uma barra de ferro escondida ao pé do muro. Ouvi latidos. Ele olhou em torno, não havia ninguém. Determinou:

— Pelos fundos.

Fui atrás, contornando a casa, tentando me convencer de que era apenas outro susto. O mato do terreno lanhava o rosto, enquanto o muro aumentava de tamanho. Os latidos — esganiçados — cresciam. Odair sumiu um segundo; plena escuridão, eu sentia o reboco áspero nas mãos, me apoiando tonto — e surgiu com uma caixa, que encostou no muro. Testou a resistência, estava firme. Vi seus dentes:

— Vamos?

*Eu fico,* mas não disse nada.

— Segura o ferro.

Quando ele montou no muro, os latidos desandaram histéricos, ganidos horrendos, eu podia sentir a fera pulando na escuridão. Só então compreendi — e passei a barra de ferro para ele. Risadinha:

— Quer ver? Sobe aí. Cachorrinho filho da puta.

De repente ele pulou, ouvi um baque, um ganido, outro baque, outro ganido — quando cheguei ao alto, vi a sombra de Odair martelando furiosamente uma coisa morta, um cão miúdo, estatelado. Pulei em seguida, evitando olhar o morto. Odair apertava o braço, tentava enxergar o ferimento.

— Esse filho da puta me pegou. Venha, por aqui.

Eu tremia tanto que mal podia andar — mas senti a atração irresistível em direção à casa escura. Quase me enforco num arame de varal, Odair achou graça:

— Cuidado, cara! Venha atrás, que eu conheço o caminho.

Chegamos à porta dos fundos.

— Fique longe.

Obedeci. A sombra de Odair tomou distância e disparou um pontapé violento, arrebentando a porta. Eu olhei para trás, antevendo fantasmas, o medo estrangulando. Odair se deliciava:

— É só entrar, cara. Venha.

Tateou a parede e acendeu a luz da cozinha. Me puxou pelo braço:

— Entre e encoste a porta. Essa luz não se vê da frente.

Obedeci. A magia de se entrar sorrateiro numa casa estranha. Porta fechada, me senti momentaneamente seguro. Contemplei a cozinha. Tudo ali era *familiar*. A toalha da mesinha, três xícaras, um resto de pão, a geladeira branca como a de minha mãe, o fogão, as panelas, os panos de prato, o balcão, a torneira pingando — um espaço suspenso, interrompido no tempo, ainda com o calor de gente falando, estendendo o braço para abrir o forno, puxando a cadeira, espremendo laranja, chamando alguém para o almoço. Decalques de flores no azulejo branco. Um calendário de armazém, do ano passado. Odair abriu a geladeira, que num tranco voltou a funcionar.

— Tem cerveja! Pega os copos.

Ele estava excitado, feliz, inteiro, a pleno vapor; mas o fascínio, esse era só meu. Brindamos. Bebi três copos seguidos, morto de sede e de medo.

— Vamos trabalhar. A casa é nossa!

A pergunta idiota:

— E se chegar alguém?

— Aí estamos fodidos. O Rude não está mais na Furtos e Roubos pra livrar nossa cara. — Ouvi a risada dele, lá da sala escura: — Tá encagaçado, é? Cara, tem televisão aqui! Onde é que liga essa bosta?

Abri outra cerveja, que quase escorrega da minha mão. Ouvi a música: "No Velho Oeste ele nasceu... por entre bravos se criou..." — e a alegria de Odair:

— É o Bat Masterson! Venha ver.

Bebi mais, sem ficar bêbado, e entrei na sala azulada pela televisão. O pavor grudava:

— Diminua o volume.

Foi ele que obedeceu desta vez. Duro, na beira da poltrona, fiquei idiotizado vendo Bat Masterson. Por que Isabela não comprava uma televisão? No sótão, ficaria bem. Odair não sossegava — levantou-se.

— Vamos ver o que tem aqui pra gente.

Começou a jogar gavetas no chão, com prazer. Incomodado, atravessei uma cortina cor-de-rosa, avancei por um corredor e cheguei a um quarto. Acendi a luz, inadvertido. Era um quarto de mulher, com cama, penteadeira e guarda-roupa brancos, fotos de artistas nas paredes, um pufe azul — um espaço *delicado*. Sentei na cama e senti o perfume que emanava de tudo, adocicado. Na cabeceira, abri o livro — *Sonetos de amor* — e um nome sublinhado na página de rosto: *Doroti*. A letra redonda. Encontrei Doroti na outra mesinha, um porta-retratos de prata. Ela sorria, moreninha simpática. Pode parecer exagero, mas a verdade é que *eu me apaixonei perdidamente por Doroti. Perdidamente* é o termo justo. O grito de Odair:

— Como é, cara, achou alguma coisa? Já achei as joias, mas só tem merda.

Abri a gavetinha da cabeceira e encontrei uma pilha de lencinhos, uma caneta, moedas, uma pulseira dourada e, bem no fundo, um cigarro avulso, visivelmente escondido. Fechei a gaveta, cada vez mais próximo de Doroti:

— Ainda não achei nada!

Ele riu:

— Só tem pobre nessa casa!

Abri o porta-retratos e guardei comigo a foto de Doroti, antes que Odair viesse. Ele que se ocupasse do resto da casa; aquele quarto era meu. O fascínio crescente. Sob a janela, cortinas graciosamente presas na ponta por um laço azul, a mesinha de estudos da minha amada. Pilhas de cadernos escolares, encapados com papel verde e plástico e enfeitados com flores. As etiquetas: *Colégio Estadual do Paraná. Ciências Sociais. 1º clássico. Nome da aluna: Doroti Maria. Disciplina: Filosofia.* Abri ao acaso, a letra gostosa, redondinha. *Platão e o mito da caverna.* Sublinhado com caneta vermelha. A lápis, na margem: *cai na prova.* Li meia página, aprendendo algumas coisas.

— Cara, venha ver o que achei!

Fechei súbito o caderno, apaguei a luz, encostei a porta e fui ver a descoberta de Odair. Ele estava no quarto maior, literalmente virado do avesso, colchão, gavetas, roupas, mesinhas.

— Um gravador, Juliano! Um gravador a pilha!

Parecia uma maleta, com dois pequenos rolos de fita. Ele apertou umas teclas.

— Veja! Alô! Aqui é Odair e Juliano, num assalto a mão armada. Já matamos um cachorro e estamos fazendo uma limpeza. Fale aí, Juliano.

A coisa rodava. Fiquei mudo.

— Fale aí, porra!

— Dizer o quê?

— Qualquer coisa.

Pigarreei, vendo os rolos girando.

— Alô, aqui é o Juliano. — Gostei daquilo. — Alô, aqui é Juliano Pereira Pavollini! — Talvez deixar um recado para minha amada? Mas Odair seria burro o suficiente para largar aquela fita ali?

— Fale, cara!

— Alô. Aqui é o Juliano fazendo um assalto a mão armada. Alô. Alô.

Era idiota falar para ninguém.

— Não precisa colar a boca no microfone. Ouça.

Apertou outras teclas, os rolos giraram ao contrário, pararam, começaram de novo.

— *Veja! Alô! Aqui é Odair e Juliano, num assalto a mão armada...*

Relaxei: era engraçado. Começamos a rir. Quando me escutei, descobri que minha voz era fina e desagradável. Eu falava mesmo assim?

— É claro, cara. Igualzinho.

— *... no microfone. Ouça. Clac!... qui um minutinho, Júlia! E atenção* (risadinhas) *que vamos ouvir Elvis, interpretando... Doroti! Desligue, olhe o disco... Espere que eu...*

A voz de Doroti! Era Doroti, a minha amada, brincando de música com uma amiga! Uma voz rouquinha e saborosa. Talvez a ideia de deixar um recado para ela não fosse tão ruim. Pelo menos um bilhete, esclarecer as coisas. Assim: Doroti: sei que não fiz uma boa coisa, mas acho que se a gente conversar pessoalmente você vai me compreender. Ou: Vi ontem você na rua, e foi como se o meu retrato ganhasse vida. Posso imaginar você, singela, no quarto ao entardecer, chorando de melancolia, interrompendo os estudos e confessando ao seu diário, entre soluços, a saudade que você sente de quem você ainda nem conheceu. Melhor: Doroti: aceite o ósculo do meu desejo. Não. Mais simples. Eu escreveria: Doroti, preciso falar com você. Estou sozinho, e Isabela... Ou deixar uma fotografia minha! Mas era preciso tirar outra, de fatiota nova, boina xadrez, que escondesse o leque das orelhas. Quem sabe uma *colorida*, grande, de artista de cinema, para Doroti colocar ao lado de Burt Lancaster.

— Vai ficar parado aí feito um idiota? Vamos embora!

— Você vai levar o gravador?

— É claro. E essas joiazinhas de merda. Pensei que esse povo tivesse grana. O homem é advogado.

Como esconder o gravador no sótão, para ouvir Doroti? Impossível. E o bilhete — escreveria? Um carro passou na rua.

— Vamos logo, cara! O que é que você achou lá?

Mão no peito, a foto:

— Nada.

Odair deu um pontapé numa cadeira da sala.

— Vontade de quebrar tudo.

— Deixa aí. Sair pela frente?

— Apague a luz. Só fizemos cagada. A cidade inteira está vendo a gente.

No escuro, uma luz atravessava o vitral da porta. O medo voltou: era bem possível que a polícia nos esperasse do lado de fora. Um farol de carro me entonteceu, me segurei na parede. Odair deu uma risada:

— Que tal a gente mijar nas poltronas?

Fiquei furioso, desproporcional:

— Não!

Ele forçou a porta.

— Está trancada essa merda. E não tem chave.

— Pelos fundos?

Era como se a polícia, de fato, já cercasse a casa e o desespero fosse a solução final, todos os medos acumulados explodindo no último minuto. Não havia razão alguma para aquela pressa.

— A janela!

Escancaramos as venezianas, um estrondo mortal.

— Se abaixe.

Silêncio. Pulou ele, passei o gravador, pulei eu. Saímos para a rua. Odair assobiando, eu com os joelhos trêmulos, sem olhar para trás. Voltei a respirar uma quadra adiante, a rua vazia. Eu tremia todo, mais ainda do que antes, um dique se rompendo, a consciência da plena transgressão da ordem das coisas, a transgressão física, concreta, violenta, marcada para sempre — o mundo nunca mais seria o mesmo, eu mudava a rotação das coisas, e agora meu pai não as colocaria de volta ao eixo com a força da mão. Até então eu tivera todas as desculpas, todos os álibis, todos os espelhos — agora, não. Odair não servia para nada. Na mão dele, o mundo era muito pequeno, um breve amontoado de objetos com suas leis imediatas. Minha primeira metafísica foi aquela ausência total de metafísica: uma casa arrombada, um cachorro morto. Um efeito retardado, o velho choro irresolvido na goela. Odair deu um pontapé delirante numa lata, que rolou desesperada rua afora — e me sacudiu com exagero:

— Que tal, cara?! Isso foi só o começo! — Me olhou nos olhos, como quase nunca: — Você está branco que é uma luz de poste! — O tapinha: — No começo é assim. — Ele queria me deixar feliz: — Cara, você é foda! Gostei mesmo! Quebrei o nariz, mas valeu a pena!

O nariz quebrado era o seu trunfo, o sinal do nosso contrato e da grandeza dele. Era exatamente isto: uma amizade eterna, presa nas suas mãos. Assobiando — o assobio me irritava, principalmente porque eu nunca aprendi a assobiar —, Odair catou um papel velho do chão para cobrir o roubo. O tom de voz mudou agora:

— Você não vai querer esse gravador, vai?

Fiquei em silêncio, adivinhando. Ele me espreitava, testando-me: era um negócio. Conciliou:

— Bom, eu vendo e racho o dinheiro. Que tal?

Segurei Odair pelo braço.

— Eu quero a fita.

Ele não entendeu.

— A fita?

— A fita.

— Mas... porra, sem a fita essa merda não vale nada.

Ele realmente não entendia — até que explodiu a gargalhada:

— Ah, ah! Então você acha que eu vou pegar essa tua voz gravada aqui e levar lá na polícia. Melhor ainda: vou fazer chantagem. Ou você me paga ou...

Aquilo nunca me havia passado pela cabeça, mas desconfiei imediatamente que era o que ele pretendia fazer. Ele me abraçou:

— Cara, que desconfiança!

Não expliquei nada.

— Eu quero a fita. Só a fita.

Ele sentiu minha mão apertando seu braço. Percebi que na soma de tudo eu era muito maior do que ele, e ele sabia disso. Conciliador:

— Negócio seguinte: apagamos essa fita. É só ligar aqui.

— *Não!*

Como explicar àquele débil mental que eu só queria a voz de Doroti? Do modo como eu falei — o desespero — ele só poderia imaginar uma coisa, na própria escala dele: quem faria a chantagem seria eu. Ele me olhou sério, ponderando os riscos, medindo escrupuloso os meus limites. Mas ele precisava de mim, como um ponto de referência, o miolo de um vazio. Lentamente abriu um sorriso, transformando a derrota em vitória:

— *Eu, eu* confio em você!

Arrancou o carretel do aparelho e me entregou. Feliz, prendi a ponta da fita e guardei a voz de Doroti ao lado da fotografia. Ele estendeu a mão:

— Amigos?

Era ótimo ele pensar que eu poderia chantageá-lo. Apertei com força a mão dele:

— Amigos.

Prosseguimos, aliviados. Quanto às joias, que chocalhavam no seu bolso, nem tocou no assunto. Também isso era ótimo.

Clara, minha psicóloga, é a única mulher loira por quem senti atração. Todas as outras eram morenas: Isabela, Doroti, Débora, por exemplo. Mas isso não direi a ela; talvez entendesse mal, e eu poria em risco meu relativo conforto. Depois que Clara passou a me visitar, minha vida melhorou de corpo e alma. Saber datilografia é um trunfo — Isabela, mais uma vez, estava certa quando me arrastou para o curso atrás da Catedral. Graças aos meus dez dedos passo as tardes na secretaria do presídio. Fora isso, tenho cela individual, livros para ler, papel à vontade e um radinho de pilha.

Clara se encanta com o que escrevo, e eu me encanto com o encantamento dela. Uma espiral viciosa. Ainda que sóbria: Clara é de mármore, e eu, discreto. Gosto de ser cuidadoso — há um buraco imenso na minha infância. Vou preenchendo-o pouco a pouco, um capítulo a cada trinta dias, exatamente a cada visita. Clara conversa comigo, faz anotações e leva minhas páginas, previamente selecionadas. O meu otimismo desconfia de que a simpatia dela não é apenas profissional; eu entendo de gentileza profissional, fui educado num bordel.

Clara pede agora um momento muito específico. Ela quer saber como perdi a virgindade. Fico vermelho, gaguejo, não digo nada. Ela insiste, e me olha fria, médica, profissional — e faz anotações. Como eu: prefiro escrever, protegido. Um impulso maroto de dizer: passei a vida perdendo virgindades, mas me calo. Clara merece mais que uma pequena frase de efeito.

Tenho vergonha de contar. Será um capítulo curto. É mais fácil matar que contar o crime. Vamos dando voltas, retocando os gestos, enfeitando as penas de pavão. Com todo mundo é assim. (O *vou* se transformando em *vamos*; é mais seguro.)

Fazia exatamente um ano que meu pai estava morto. Aos dezessete anos, eu já era bastante senhor de mim mesmo. No currículo, vários assaltos esportivos, um em cada bairro da cidade, para deleite meu e lucro de Odair. Já conseguia ganhar dele no bilhar, e eram mais raras as broncas de Isabela, ainda que minha rédea continuasse curta. Mas eu já dominava os mecanismos de Isabela, o que eu podia e o que eu não podia fazer. Eu podia sair à noite, e mesmo voltar de madrugada, desde que dissesse onde fui e o que havia feito — aprimorando ao limite as técnicas da mentira, a noite era minha. É claro que ela só fingia acreditar no que eu dizia, e é bem provável que desconfiasse das minhas transgressões, mas de uma coisa ela tinha certeza (daí o risco calculado de me soltar): não havia mulher nas minhas noites. E antes na rua, mesmo com um vagabundo como Odair, que nos perigos do salão. Com certeza ela já percebera que as mulheres não faziam parte do universo de preocupações de Odair, algo que, aliás, começava a me intrigar. Ele não tinha nada de afeminado, não é isso; mas a verdade é que evitava até mesmo falar de mulheres, exceto se putas, entre uma cuspida e outra e pedrinhas chutadas, num desprezo inseguro.

Que fazíamos, então? Também nada de *viadagens*, se Clara entende o ponto de vista de Isabela. Ela sabia — a desgraçada sabia tudo — que não havia a mais longínqua possibilidade de eu e Odair sairmos por aí de mãos dadas e o resto, o que seria, suponho, a maior tragédia que jamais poderia acontecer ao seu enteado. Melhor morrer. Também nesse ponto Isabela era igual à minha mãe, ao meu pai, ao bispo, ao presidente da República, à maioria esmagadora das pessoas com as quais convivi. Pensando bem, igual a mim. Só aqui na cadeia o pessoal parece que é mais tolerante. Clara também, suponho, pelo modo indiferente com que aventou a hipótese, recheada de palavras científicas.

O que fazíamos era o seguinte: jogávamos bilhar e depois atravessávamos a cidade de ponta a ponta, parando nesse ou naquele boteco, fazendo campeonato de cuspe a distância e investigando profissionalmente as casas assaltáveis. Nada muito objetivo; no fundo, era um argumento para não fazer nada, para empurrar o vazio com a barriga, para adiar nem sabíamos o quê. A adolescência tem clarões de tédio, entremeados de poesia: beber conhaque no gargalo, fumar até entupir a garganta, encher o saco de transeuntes mais fracos e indefesos (Odair era particularmente bom nisso aí) e desviar dos carros de polícia. Às vezes Odair aparecia com tubos de lança-perfumes, e eu cheirava o éter como quem faz viagem à lua, luzes e sons fazendo eco e oco. Uma coisa boa, enfim, e inofensiva em primeira instância. Tínhamos a pachorra de vigiar a mesma casa semanas a fio, anotando os horários de chegada e de saída — o que era trabalho meu, o intelectual —, até que decidíssemos pelo assalto ou pela desistência, por excesso de riscos. Com Odair eu exercia toda a soberba da minha inteligência, tendo o cuidado de lhe reservar o atavismo da liderança; ele era o mais velho, e o mais alto, e gostava que fosse assim. O resto da superioridade era toda minha.

Quando eu voltava ao meu sótão, subindo direto as escadas, era esperar algum tempo e Isabela aparecia para conferir se tudo estava bem. A minha curta espera, como já disse antes, era sempre um momento agoniado e irresolvido. A imagem de Isabela, à noite, me torturava — o beijo de despedida, por exemplo. Ou o orgulho com que ela me fitava: "Você cresceu, menino." Meu rápido crescimento — as calças encurtavam, surgiam fios de bigode (ela mesma me trouxe um aparelho de barbear), a voz mais firme — impunha algum respeito, embora a criança fosse a mesma. E o fato de que ela passava de arrendatária a proprietária do hotel determinou o ritual das refeições separadas, apenas Isabela e eu à mesa, depois que todas se afastavam, às vezes sob a vigilância canina de Lorde Rude, a cada dia mais servil. Crescendo o Império, cresciam as distâncias, os estamentos, consolidavam-se as posições, e o meu trono era privilegiado. Com frequência Isabela me levava a almoços e jantares, de táxi — e meu guarda-roupa era requintado. É verdade que eventualmente — sempre em dias de semana — ela também me levava à missa. Era muito chato aquilo, e o momento de eu me lembrar, em silêncio, do quanto Deus não existe, da necessidade urgente de se substituir a superstição ignorante pelo domínio da Razão Dialética, que propiciaria a Grande Revolução Proletária, da qual meus assaltos eram um começo promissor, ainda que contaminados de esquerdismo, conforme Elias. Mas era mais fácil contestar o sistema que contestar Isabela; assim, ajoelhava-me religiosamente ao lado dela, sentindo-lhe o perfume e desejando-a ardentemente nas minhas rezas secretas.

Havia ainda outro trunfo, este pesado, que consolidava minha liberdade vigiada: ao final do ano eu tinha sido aprovado nos exames do Colégio Estadual, o que me valeu uma festa oferecida pela Rainha. Inteligentíssimo! Superava todas as expectativas! E no ano seguinte, pouco antes de completar meus dezessete anos, lá estava eu frequentando a escola, para onde ia todas as manhãs, impecável no meu uniforme azul

120

e ligeiramente retardado numa sala em que o resto da turma tinha quase a metade do meu tamanho. Sentava na última fila, grandalhão e ossudo, em geral de ressaca, mas dando conta da tarefa com a energia que me sobrava. Apesar dos trinta colegas, a solidão prosseguia intacta, já perfeitamente adaptada ao meu gosto. Era difícil conviver com pessoas normais, a um tempo brilhantes e idiotas, que aparentemente não sofriam de nenhum dos medos desse mundo. O que eu poderia fazer? Convidá-los para uma visita ao meu sótão? Apresentá-los à minha tia Isabela? Oferecer um jantar com as meninas da casa, com cerveja à vontade? No máximo, distribuía um ou outro cigarro na hora do recreio a dois ou três rebeldes discretos, enquanto contávamos piadas de sacanagem no subterrâneo do prédio, entre a cantina e a escolinha de arte, fugindo daqueles inspetores ridículos, mais inocentes que os vilões de Walt Disney. O Colégio era isso: outro belo reino da Fantasia, e eu gostava, a meu modo.

E havia Doroti, a mais dolorosa paixão da minha vida, cuja foto e voz eu guardava no fundo da última gaveta — louco é assim. Durante muito tempo não tive outro sonho senão o de conseguir um gravador que ressuscitasse Doroti para os meus prazeres — mas o medo terrível de que Isabela soubesse da fita e exigisse explicações, para as quais minha técnica de mentir seria insuficiente, silenciava meu desejo. Além disso, eu jamais partilharia com Odair a minha paixão exclusiva; ele que continuasse suspeitando do instrumento de chantagem, mas nunca do meu secretíssimo amor. Ele chegou a sugerir a compra do carretel, pagava bem, me olhando enviesado, mas mudei de assunto. Jamais. Doroti era minha, calada que fosse.

Eu queria encontrá-la, é claro. Nas semanas que se seguiram ao assalto, pensei em voltar ao local do crime, para vê-la de longe, chegando ou saindo; mas o temor de ser descoberto, a ideia de que bastava passar naquela rua que me pegariam, todos os vizinhos me apontando: "Foi ele!", e mais a imagem do cachorro esmagado, tudo isso me paralisava. Além do mais, Odair passou a ser minha companhia permanente; quase todo fim de tarde lá estava ele para mais uma noitada de vagabundagem. Bem, *adiar*, intransitivamente, tem sido outra das minhas especialidades. (Aqui na cadeia, por exemplo, adiar é disciplina obrigatória, e tenho tirado boas notas.) Fui adiando, com arte. Depois de um certo tempo, a foto e o silêncio da fita me bastavam — e comecei a escrever poemas para uma Doroti com a alma de Isabela e às escâncaras de Débora, que passaram a provocar a ferro e fogo os últimos limites da minha inocência retardada. Eram versos da mais pura paixão, carne de querubim. Inspirava-me nos sonetos de J. G. de Araújo Jorge, nas *80 cartas de amor*, na foto de Doroti e na memória da sua voz, nos lábios de Isabela, na cinta-liga preta de Débora e no incêndio dos meus desejos. Marretava meus loucos versos em transe, catando vocábulos esdrúxulos no dicionário, que entravam aos trancos na minha vida, sonoros e inopinados, flor fescenina em amores catalépticos, os dogmas do coração nefelibático.

Levei sete meses. Labão menor, verso a verso, até que tocasse Doroti em carne e osso. Enquanto isso, declamava minha obra (que aos poucos substituía Casimiro de Abreu, Castro Alves e *As mãos de Eurídice* do meu repertório) para minha plateia cativa, as meninas da casa, sempre que Isabela não estivesse por perto. Às vezes Isabela me flagrava, e se mordia. Terminado o recital ("Que lindo!", diziam todas), ela me puxava da cozinha:

— Para quem você escreveu isso?

— Para você, Isabela.

Não era propriamente uma mentira. Ela arrancava (com delicadeza) o poema da minha mão, e, enquanto lia, um sorriso discreto se armava. Ela não queria dar o braço a torcer. Silenciava.

— Você gostou?

— Está bonito, Juliano. Da próxima vez, leia só para mim. Se é que o poema é para mim.

— É claro que é.

Ela dobrava e guardava o papel no seio. É uma das imagens fortes da minha vida. Até a morte eu escreveria versos para ela esconder nos seios.

— Suba, Juliano. Você não estudou nada hoje.

— Estudei sim. O quadrado da hipotenusa é igual à soma dos quadrados dos catetos.

Mas devo perder a virgindade.

Enquanto isso, a louca Débora me seduzia, em outra frente da minha guerra. Débora, diabólica, provocava. Nos sonhos, a tentação invadia até a santa imagem da Rainha Isabela — eram as pernas de uma e a cabeça de outra, a mão clara de Isabela e a mão morena de Débora, a nuvem de uma e a carne de outra, ó sono difícil! Quanto mais desejo, quanto mais agonia alta madrugada, nas linhas do Livro Proibido, mais a timidez me matava. Os raios da culpa me rachavam ao meio — o bem-educado sobrinho declamando poemas, o pequeno dândi a passear com a Tia, os estudos nos livros, e o soturno monstro de patas de bode chupando peitos na escuridão, a alma do avesso em estertores, quem vai me amar?

Doroti, com certeza. Correr para o mundo da salvação era rever a foto de Doroti no mundo do puro amor, o dos cavaleiros da Távola Redonda, era escutar de novo a voz imaginária daquela fita. Doroti, a Doroti dos meus poemas seria a salvação — ela *jamais* entrava nos meus sonhos. Ela ficava me esperando do lado de fora, pronta a me perdoar. Ela era a Virgem Maria do meu cristianismo atávico, marcado pelo pecado original do assalto e pela dádiva do arrependimento.

Era um Juliano estranho, o da iniciação, cheio de compartimentos. Tinha a esfera ambígua da Família e do Parentesco, com a inatingível tia Isabela, tinha a esfera viva da transgressão, com as aventuras de Odair, tinha a esfera suja dos Prazeres, com os dentes de Débora, e o Grande Círculo do Amor, com a imagem de Doroti. Nessa guerra, de nada me servia a inteligência.

E Débora me provocava: a simpatia agressiva, os dedos beliscando minhas bochechas como a um eunuco de feira, o poder dos olhares, o jogo de gato e rato — Débora sabia tudo de mim, o tesão e o medo, e se oferecia sem se oferecer. Até hoje me pergunto por que Isabela deixou Débora avançar tanto em suas terras, quando bastava um estalo de dedos para cortá-la. Talvez pelo lucro; Débora era a mulher mais requisitada do hotel, e eram frequentes as garrafadas no salão por causa dela — do sótão eu ouvia os gritos.

Ou talvez porque Isabela se transformava, imperial, acima das miudezas. Eu ouvia os cochichos — ficava rica dia a dia, às vezes erguendo a voz para Rude, em público. Ainda que isso me favorecesse, não me escapava a angústia de que o Império era frágil. O poder de Rude me parecia mais sólido, com o revólver na cintura e o cargo na polícia. O resto era de vento, eu inclusive. Discreto, Rude me testava, oferecendo cerveja em um ou outro fim de tarde:

— Como vão os passeios com Odair?

Um sorriso duplo. Rude guardava os assaltos na manga.

— Estou aprendendo bilhar.

— Ah. E as nossas aulas de tiro?

Eu me arrepiava. Culpa de Isabela, que me enchia de susto.

— Qualquer dia desses.

— Tua tia sabe?

— Do quê?!

— Do bilhar.

— Sabe. Eu...

— Ela quer que você seja um grande homem. Que você estude. — Ele enchia meu copo. Talvez ele fosse mesmo apenas um bom pai de família, em fim de carreira. — Ela está certa, Juliano. Isso aqui não tem futuro.

*Isso aqui* era tudo que Isabela significava. Não estava bom o relacionamento entre eles. Uma noite ouvi gritos do quarto dela e ele saiu batendo a porta. Voltou no outro dia, discretamente envergonhado, e as meninas silenciaram ao vê-lo. Engraçado: eu jamais senti ciúmes de Rude. Ele não contava. Mas o inverso não seria verdadeiro: algumas vezes fantasiava Rude abrindo a porta do sótão e descarregando a arma nos peitos brancos de Isabela. Ela morria nos meus braços e eu chorava de desespero. Todos perceberiam meu sofrimento. Nessas noites, era difícil pegar no sono. Rude enchia o copo:

— Meu filho passou no vestibular de Direito, na Federal. Vai ser advogado.

Pela primeira vez o ouvi falar do filho. Um homem triste, papadas crescentes sob os olhos. Cansado. Débora abriu outra cerveja, olhos em mim:

— Tá faceiro hoje, menino!

Eu formigava. Rude sorria maroto, e piscava:

— Ah, se tua tia sabe...

Era gentil da parte dele; com certeza ele sabia que eu continuava o mesmo virgem assustado de sempre, já beirando, atrasadíssimo, os dezessete anos. Talvez quisesse me encorajar sem me ofender — afinal, já era hora de eu enfrentar as coisas sórdidas da vida, como o sexo:

— Vamos sair qualquer dia desses. Não é bom você ficar o dia inteiro trancado, ouvindo fofoca de mulher...

A alfinetada mexeu comigo; temi insinuações, desconfiei da minha voz, odiei meus transes solitários, senti vergonha. De tanto conviver com mulheres, acabaria uma delas? Esvaziei mais um copo e arrotei, inseguro, gestos másculos. De fato, era urgente; o pavio queimava.

Mas a repressão tem prazeres que a liberdade desconhece — já disseram isso, e tem sua lógica. Um momento específico, Clara: no fundo do corredor, Débora segurando meu braço, dessa vez inteira delicadeza; foi me puxando devagarinho, até o beijo de língua, minhas pernas trêmulas. Ouvimos passos na escada, e a voz (metálica) de Isabela chamando alguém, e um bater de portas. Débora sussurrou:

— Venha...

Eu vi: a mão girava o trinco, era só entrar para a Entrega Final. Mas o medo disparou, e eu com ele: corri até o sótão e me tranquei. Impossível me concentrar em qualquer coisa que não fossem os Prazeres Sujos. Hoje isso me espanta, e deve espantar você: a eficiência de Isabela, sem jamais tocar no assunto. A autoridade de Isabela era concessão minha, até mesmo uma *criação minha* — como negá-la, sem que me transformasse em outro Juliano?

O velho Juliano fumegava atrás de argumentos. Ora, era evidente que a própria Isabela desejava minha iniciação com Débora; ela própria ansiava pela minha definitiva travessia à idade adulta, mas não podia confessar, é óbvio. O teatro prosseguia. Eu, muito burro, não havia percebido! Comecei a rir. Hilariante: o idiota do Juliano pretendia nada menos que a Rainha! Idiota e ridículo, pretensioso e vesgo — se a própria Isabela abria discretamente caminho... Ou eu queria o quê?, que ela mesma me levasse pela mão para o quarto dos prazeres?

Mas não desci; esperaria o final da tarde, como sempre. Febril, imaginei o orgulho da Rainha diante do súdito iniciado, finalmente um homem. Comecei a escrever um poema: "Débora". Mal redigi o primeiro verso, Isabela entrou no sótão. Esmaguei o papel e joguei na cesta. (E se ela vasculhasse o lixo?)

— Estudando, Juliano?

— É, eu... — e abri um caderno.

— Nas férias?

Rosto queimando:

— Revisão.

— Ah, descanse, menino. Vamos jantar na Iguaçu, hoje? Eu estava... que perfume é esse, Juliano?

O escancarado perfume de Débora, impregnando a alma.

— Ahn? — Me cheirei: — Perfume?

Séria:

— Tome um banho. Depois te pego.

Para acertar as contas ou para me levar à Confeitaria Iguaçu? Ela saiu abrupta. E agora?

*A abertura dos portos às nações amigas, em 1808, promovida por D. João VI...*

Clara estranhará minhas delongas. Não é fácil perder a virgindade, principalmente na frente dos outros. As pessoas não ajudam em nada; precisamos fazer tudo sozinhos e decifrar reações enigmáticas. Como a de Débora, no dia seguinte, quando decidi de uma vez abrir a arca dos mistérios; ao me aproximar furtivamente da minha Ilha do Tesouro, Débora foi seca:

— O que você quer?

Fiquei espantado. Que acontecia? Fui em frente, mais amador que amante. (Será preciso, Clara, viver todo esse ridículo de novo?)

— Amar você.

Ela livrou-se da minha mão inoportuna, como a de um bêbado do salão:

— Quem você está pensando que eu sou?

Se ela soubesse que a única coisa em que eu pensava era em mim mesmo, não ficaria tão braba. Paralisado, embrutecido, silenciado, fui engolindo as palavras:

— Por que você não corre de novo para a saia da Belinha?

Ao invés disso, derrotado pelo espanto, subi lento as escadas do sótão para escrever meu poema definitivo. *Estou triste como o pássaro lancinante que sobrevoa as secas árvores do último inverno.*

E estava mesmo. Entretanto, o pavio corria. Três dias depois, quando eu contemplava a foto de Doroti, tarde da noite, Débora abriu a porta. Estava bêbada, com um cálice torto na mão; para não cair, encostou-se no batente. Ela me olhava. Não sei o que se passava na sua cabeça, mas era uma coisa boa. Ela também estava triste como um pássaro lancinante. Assim:

— Desculpe, menino.

Quando eu ia me erguer, ao som de trombetas celestes, surgiu um homem de bigode que, sem encontrar reação, levou Débora para baixo. Do corrimão, fiquei olhando as cabeças descerem lentas, coladas uma na outra, dando voltas na espiral. Ao me voltar, pensei ver meu pai ao lado do guarda-roupa, braços cruzados. Ele também estava triste, mas de uma outra maneira. Estava do meu lado agora, suavizado na memória. Comecei a escrever uma carta a minha mãe, que nunca terminei — depois de quase um ano, as faces não se fixam mais, e só consigo escrever o que eu vejo. Ao espelho, ouvia a bulha do salão. *Triste pássaro lancinante na madrugada desta solidão.* Primeiro os soluços, depois o choro derramado. O teatro que fazemos de nós mesmos é sempre real.

Como se não bastasse, mais tempo passou. No dia dos meus dezessete anos — foguetes estourando —, abriram-se as portas do salão adulto para a grande festa de Juliano Pavollini em sua quase maioridade. Ganhei presentes: um terno de Isabela, uma gravata de Lorde Rude, uma garrafa (roubada) de menta de Odair, um beijo (promissor) de Débora, muitos cumprimentos e desejos de felicidade. Nunca um pinguim de porcelana foi tão cortejado. Isabela, magnífica em suas joias, me fez cortar o bolo, ao flash de um fotógrafo profissional, como em festa de criança rica. Uma festa legitimamente familiar — mesmo quando dona Deia, num momento em que eu buscava uma cerveja na cozinha, me perguntou, urubu da infância:

— Não faz hoje um ano que teu pai morreu?

Fiz que sim. Ela que fosse para o quinto dos infernos.

— Tenho rezado muito por ele.

— Obrigado, dona Deia.

Ela fez um sinal da cruz e virou as costas, corcunda. Em outros tempos eu ficaria arrepiado, mas não naquele começo de noite, em que Débora não me largava, ostensiva e provocante. Pura alegria, é claro, Isabela ria junto, enquanto bebíamos. Quem sabe já estivesse tudo acertado para a imolação do sobrinho? Mais tarde, quando começaram a chegar estranhos e a festa juvenil se esvaziava para mais uma noite de trabalho, Débora me arrastou para uma mesa do fundo:

— Hoje a noite é nossa, menino!

De passagem, o cochicho safado de Lorde Rude, o sinal positivo:

— Vai nessa, Juliano!

Tudo aquilo era muito bom: o beijo na boca, dedos e unhas subindo pernas acima:

— Hoje você é meu, Juliano. Meu dia de férias. Grátis. Presente de aniversário.

Eu preferia que ela falasse mais baixo. Outro beijo:

— Meu medrosinho... Maria! Traz outra cerveja aí!

Isabela entrou no salão, ordenando a limpeza — pratinhos de doces, copos, garrafas —, e de repente nos viu, parada súbita. Mas continuou o serviço, a ansiedade me tomando conta. Permitiria Isabela tal sedução descarada do seu afilhado? Bem, do modo como Débora se comportava, só um escândalo impediria; no campo de batalha eu sentia a língua na orelha, os prazeres de Débora, a insídia:

— Será que a princesa vai deixar esse tourinho só para mim? Hum?

Era vulgar, mas era bom, bêbado assim. Fingi não saber:

— Princesa?

— A tia Belinha. Olha lá ela olhando feio. A princesa. A dona dessa merda.

Era rancor. Tentei desviar, frio no estômago.

— Deixa ela. Hoje é nosso dia, você não disse?

— Vou embora daqui, menino. Tenho uma proposta para São Paulo. É outra vida, graças a Deus.

Será que Débora acreditava em Deus? Percebi o crucifixo na correntinha, balançando entre um peito e outro. Ela esmagou minha mão entre as pernas quentes. Era bom aquilo.

— Mas não vai embora hoje, vai?

Outro beijo, sugado. Entrevi Isabela saindo do salão.

— Não, meu amor. Hoje não.

Eu queria conversar mais com Débora, mas era difícil. A gentileza postiça, o rosto agressivo, sempre acuado. Uma mulher bonita, de traços retos na face, feita em lâminas. Gostaria de amá-la mais lentamente, em solidão.

— Declame uma poesia para mim, Juliano.

Voz muito alta, encabulei. Na cozinha, declamar para todo mundo era mais fácil. Mas assim, rosto a rosto... esvaziei o copo. Ela me alisava:

— Você vai ser bacana na vida. Não torto que nem o resto.

Lembrei Isabela: *você tem classe*. O que significava isso exatamente? Olhei em volta, salão cheio agora, nada de Isabela. Lorde Rude e Odair desapareceram. Ansiedade. Pressenti alguma coisa errada. Havia homens a fim de Débora, copos à mão, olhares. Ninguém se aproximava.

— Tudo torto, Juliano, como eu. Mas você é muito novo para entender.

Era difícil entrar no teatro de Débora: na mesma cena, passava várias vezes da euforia à tragédia. Dei uma volta, inseguro:

— Queria te contar uma coisa.

— Não precisa dizer, já sei: você come a Isabela toda noite, enche a testa do Rude de chifre e ainda tira uma boa grana na jogada. Mas morre de medo dela!

Seguiu-se uma gargalhada louca, cabeça para trás, bêbada, escorregando. Aquilo me esfriou inteiro, num espanto desajeitado. A mesma afronta:

— Não é, *sobrinho?*

Apertei o braço dela, furioso:

— Não! Não é!

— Ui, meu braço! O que é, então? — Mas ela gostou, sorriu: — Não precisa se zangar, meu menino...

Vergonha ardida, mas disse:

— Eu nunca dormi com mulher nenhuma.

Consegui surpreendê-la — ela acreditou. Sustentei o olhar, orgulho e súplica. Deu certo:

— É mesmo!? Mas... meu amorzinho... — Derreteu-se em delicadeza ganhando um brinquedo. — Eu nunca pensei que... então é verdade!? Quando me falaram não acreditei. Não fique nervoso, meu querido, vamos fazer um amor bem gostosinho hoje... vou te ensinar tudo...

Angustiou-me aquele mel falsificado, a proteção pegajosa, mas os dedos e os lábios e as coxas e a língua faziam efeito, pavio explodindo. Acabar logo com aquilo, antes que tarde.

— Vamos?

— Calma, amorzinho...

— Não me chame de amorzinho. Sou Juliano.

— Juliano. Desculpe. Acenda meu cigarro.

Minha mão tremia. Logo estaria nu com Débora. Acendi outro cigarro, para mim, dei uma tragada longa e fiquei tonto. Um homem — o de bigode — aproximou-se e cochichou no ouvido dela. Tive medo de perdê-la, eu não tinha cacife nenhum, exceto minha falta de jeito — mas ela deu uma risada e me abraçou:

— Hoje é o dia desse garotinho.

Uma vulgaridade tão absoluta que tocava o poético. O homem sorriu, cochichou mais alguma coisa e se afastou. Não parecia irritado. Fiquei em silêncio, solene no meu papel de palhaço.

— Não quer saber quem é ele?

— Não.

— Ciuminho?

— Não, porra!

— Hum... que brabeza! Pois é ele quem vai me levar para São Paulo. É grana, guri. Muita grana. Sair dessa merda.

Dei mais uma tragada, bebi mais um gole. Eu procurava Isabela, mas Isabela não aparecia. Talvez ela me salvasse os destroços — momento a momento Débora perdia o encanto, virava abóbora, embrutecia-se e embrutecia-me. Eu só queria *trepar* — finalmente compreendi e perdoei meu professor Elias. Odair apareceu na porta, mãos no bolso, me procurou discretamente e sumiu. Talvez planejasse um assalto especial para o dia dos meus anos. Fazia fortuna à minha custa.

— Esse seu amigo, o Odair.

— O que tem?

— Ele é meio viado?

Respirei fundo. Era urgente comer uma mulher.

— Não que eu saiba.

— Ele broxou com a Maria. Fiquei sabendo. Diz que é maconheiro e ladrão. Trabalha pro Rude.

Engoli em seco.

— Problema dele. Foda-se. Vamos?

Eu era outro Juliano. Os poemas que se fodessem também. E se eu broxasse? Beijei-a com tesão, mãos nas coxas. Ao me erguer, disfarcei a excitação — perceberiam, naquele escuro?

— No teu quarto?

— No sótão, amorzinho, naquela cama vermelha com penduricalho e tudo, no colchão da princesa.

Saímos tortos e tontos, abrindo caminho escandalosos, e o desafio público me agradou — Isabela, cafetina aristocrata, não gostava de exagero no salão, para isso havia os quartos. Que se fodesse ela também, que a noite — a primeira — era minha. Ao pé da escada espiral, Débora me puxou; prensei-a na parede, colando carnes. Da minha altura: beijei a boca, o pescoço, me enterrei nos cabelos, um cheiro bom. *Tudo* era bom: abrir a blusa, sentir o peito na palma da mão, e na boca, bicho feliz no miolo do silêncio.

— Chega, Juliano.

Senti a mão me arrancando; Débora, peito à mostra como em final de batalha, foi esboçando um riso de escárnio. Ouvi a ordem, minha conhecida:

— Suba.

Paralisei, naquele segundo em que todos os elementos se armam para a tragédia, a explosão da fúria — ódio, vergonha, revolta, desonra —, mas me vi impotente, ouvindo o urro agora, o poder de fato:

— SUBA!

Ao me virar, um cachorro vazio, vi Rude me piscar cúmplice, e mais gente se juntava em torno da arena. Covarde, subi as escadas sem olhar para baixo, garganta doída de aperto, ouvindo a mais terrível luta de feras de toda a minha vida. Houve troca de bordoadas e palavrões e choros e gritos histéricos até a vitória final da Rainha que se despia de toda a majestade para expulsar Débora de seu castelo. Fechada a porta do meu sótão, ainda ouvi a maldição final, para todos os tempos, espada de ouro em riste:

— Vá embora, sua puta!

Depois, um burburinho excitado com alguns gritos avulsos, logo uma risada; em seguida, a voz de Altemar Dutra: "Maldito seja o amor...", mais alta que o normal, trouxe paz ao Reino.

E eu? Eu não era nada. Sequer a dignidade rota de pelo menos tentar defender a prostituta de uma noite, de chamar a mim a força da acusação. Ainda assim forcejei desculpas: *não houve tempo*. Inútil: o fracasso era completo. Todas as vergonhas se atropelando num instante vazio, que explodia no choro. Eu tinha dezessete anos, era virgem depois de um ano vivendo num bordel e estava chorando, sem pai nem mãe. Oliver Twist sem miséria nem grandeza, não tinha a quem gritar. Não tinha sequer o que fazer. Trêmulo, e de repente sóbrio, como quem acorda.

Ridiculamente — a sensação do ridículo e da vergonha, no seu instante atroz, é a mais medonha da vida, e mata —, comecei a empilhar minhas roupas, ensaiando outra cena do meu teatro. O conde de Monte Cristo não tinha mais nada a fazer na sua solitária, senão, transformado em Lorde Jim, recolher-se a uma ilha do Pacífico para acertar contas com a traiçoeira vida. Lá sim eu seria grande. Chorei mais forte, percebendo que nem meus gestos me obedeciam, que a vida inteira estava mal ensaiada; eu não tinha nem o que fazer, nem para onde ir; e continuava tão incapaz de sobrevivência como um ano antes, mesmo acumulado de saberes. O protegido da madame. Trocara minha mãe por uma fera corrupta. Ela era horrível gritando. O monstro do lago Ness. Meu pai tem razão: o que se pode esperar de um menino covarde nas asas de uma cafetina, assaltando residência por falta de assunto com um amigo idiota e aguardando aulas de tiro com um meganha da Delegacia de Costumes? Meu pai deve estar dando gargalhadas, tomando chá com Jesus Cristo. Dona Deia ri sem dentes, mexendo o tacho.

E eu insistindo, teimoso: talvez eu fosse à casa de Doroti. Devolveria a fita e contaria minha história. Quem sabe o pai dela me arrumasse um emprego numa fábrica. Seria um proletário. Quem sabe procurasse Elias no Banco do Brasil, pedindo ajuda. (Todas aquelas putas estavam rindo de mim, na cozinha.)

Desisti de arrumar minha mala. Dormiria uma última noite no meu leito de príncipe. Feliz Débora, que era em si mesma o seu próprio patrimônio. Ir para São Paulo. Quem sabe? Mas me enfiei debaixo do chuveiro, uma hora de banho quente. Esfregava-me, ossudo, desengonçado, orelhas de abano. Ridículo, um homem nu.

Fui me acalmando. Momento a momento a coisa já não parecia tão trágica. Isabela não quis me humilhar, apenas me proteger. Talvez Débora tivesse doença, um homem por noite. Mas não poderia ter falado? Por que jamais falávamos nisso? A água escorria quente, gostosa. Talvez conversar com Isabela, sem medo. Explicar. Belinha, acho que é hora de a gente conversar. Você entende. Fiz dezessete anos. Você sabe, eu... — mas até pensando me envergonhava. Quem sabe um poema. Ela gostava dos meus poemas. Colocava-os nos seios, dobrados. Era bom vê-la assim, enigmática.

Enxuguei-me furiosamente e me encolhi no leito de enfermo. Dormir. No outro dia o mundo voltaria atrás, no jogo de Pinóquio — a espera é sempre poderosa.

Acordei com o ranger da porta e abri os olhos: escuridão. Ouvi um tropeço iniludivelmente bêbado — e um silêncio de correção do equilíbrio. Espera. Ouvi roupas sendo tiradas, vagarosas, e um tatear inseguro até a chave da porta. Meu coração disparou. Escuridão. Um corpo avançou sob as cobertas, cálido, macio, discreto, e uma boca se chegou à minha, num medido silêncio. Era o cheiro (melhor: o aroma) de Isabela.

Acho que as coisas aconteceram mais ou menos assim.

18 anos

Acordei mais velho — e sozinho. Foi bom; teria tempo de compreender. Um outro Juliano, entre os seis ou sete que se acumulavam, desceu uniformizado a escada de caracol para mais uma manhã de aulas, pasta azul debaixo do braço. Antes, ao me pentear ao espelho, tive a certeza de que estava um pouco mais alto *mesmo* — e a gravidade do olhar, a curva do sorriso, a face inteira era a de um homem. Tomei meu café em silêncio e levei a superioridade comigo, sentindo em cada passo a importância do meu andar. Espantava-me se os outros viajantes daquela manhã fria de Curitiba, encapotados e soturnos descendo dos ônibus, se as velhas na padaria, se o turco abrindo a loja da Riachuelo, se as crianças do Tiradentes, se Deus saberia do meu renascimento, se saberiam todos, só de me olharem, que eu havia passado a noite com uma mulher, pela primeira vez na vida. E que magnífica mulher! — eis o que eu diria de peito inchado, porque era única.

Passei a olhar mais conscientemente para as pernas das mulheres, para traseiros e peitos, para lábios e cabelos, na fria avaliação dos iniciados — o quanto meu triste retardo me fizera perder! Trancafiado no sótão da minha infância, inebriado de medos, não suspeitava o poder da mulher, dos Prazeres Sujos e do Amor. Não a agonia que antecede — essa eu conhecia bem —, mas o vazio turbulento que se segue, o doce pasmo do gozo. (A bem da verdade, Clara, não é bem assim: há atrapalhos súbitos, desajeitos táteis, o tempo não coincide com o espaço, a alma fica em outra parte e de repente volta — mas também o sexo é mental, se você me entende. Quem recupera alguma coisa em si mesma, assim, intocada?)

Olhar objetivamente para as mulheres era um teatro útil, um exercício pragmático da minha identidade de homem — e comecei a gostar logo no primeiro dia, já que se abria um leque infinito de possibilidades. E, sem saber, reforçava os padrões estéticos que eu levaria pela vida afora. A beleza estava à solta!

Sentei nos fundos da sala, como sempre — mas que felicidade! Percebi que a professora de português tinha uma covinha no queixo; quando copiava as conjunções subordinativas no quadro, o giz assobiando, o traseiro balançava de um lado para outro em trancos suaves. Sempre fui bem em português. Na aula de educação física, quando trocava a roupa no vestiário, um colega me apontou, intrigado:

— Que foi isso no pescoço, Juliano?

Conferi com a mão, à falta de espelho.

— Aqui? Não sei.

— Isso é chupão de mulher!

Alguns caíram na gargalhada; outros me olhavam de viés e continuaram amarrando os tênis. Uma turma inocente. Não sabiam nada da vida. Corri a valer na pista de atletismo, suando minha alegria. E ainda essa: um belo chupão no pescoço!

A felicidade faz planos. O primeiro que me surgiu foi encontrar Doroti, minha paixão misteriosa. Tanto tempo sem conhecê-la, vivendo apenas a foto e o som nunca ouvido, mais a lembrança daquele quarto branco, daquele cigarro oculto no fundo da gaveta, aqueles cadernos, a caverna de Platão e o pôster de Burt Lancaster — Doroti se transformava na minha reserva vital; o que quer que me acontecesse, ela estaria lá, para me salvar. Prosseguia o medo de voltar à rua do crime, mas poderia encontrá-la aos sábados; enquanto os alunos saíam às dez por um lado do prédio, as alunas, garantidas por uma barreira de inspetores, entravam pelo lado oposto, aquele mar de sainhas azuis plissadas, tão safadas e corajosas aos bandos quanto tímidas sozinhas. Exatamente como nós.

Não foi fácil. Descia aos pulos as escadarias, dava a volta correndo pelos fundos do Círculo Militar e chafurdava em pânico em meio aos grupos de alunas que surgiam de toda parte para o portão de entrada. Sozinho e contra a maré, fingindo uma ridícula seriedade que mal disfarçava a vergonha, ia enfrentando os rostos atrás da mulher amada, ouvindo assobios, risinhos, deboches daquela horda de reprimidas que me enfrentava. Algumas sustentavam o olhar, provocantes e sorridentes, outras ruborizavam e apressavam o passo, e as mais atrevidas, pastas no peito, paravam um instante dizendo gracinhas e logo fugiam espavoridas. Passei alguns sábados nessa procura; suponho que minha presença ali, desafiando ordens expressas dos inspetores, que não admitiam misturas, já passava a ser popular, mesmo esperada — sempre fui otimista. A cada semana mudava o itinerário; em direção à João Gualberto, subindo para o estádio Belfort Duarte, avançando ao Hospital das Clínicas, ou mesmo corajosamente diante do portão, onde o gado afunilava. Mas logo percebi que essa não era uma boa tática; se encontrasse Doroti, o que fazer? Foi o que me aconteceu quando a encontrei, de súbito, o mesmo cabelo ondulado, mais baixa que o suposto, mas colorida! Ali estava ela a cinco passos, descendo do DKW barulhento depois de beijar a face de quem provavelmente seria seu pai. Ouvi ela dizer, o timbre exato da minha memória:

— Volto de ônibus!

— Tem dinheiro?

Mas ela nem respondeu, atravessando o portão. E agora?

Bem, a primeira batalha estava vencida — Doroti *existia!* E o relance em que a vi foi suficiente para confirmar minha paixão. Ela era — é verdade, Clara, sem poesia desta vez — muito bonita. Voltei contra a maré de alunas, agora com a segurança de um general vitorioso, raciocinando friamente sobre o segundo movimento tático de sua batalha maior. Percebi que com aquele uniforme azul eu não teria muito futuro. Voltei às pressas para meu sótão, tomei outro banho e coloquei minha melhor roupa, com boné e tudo. *Um artista de cinema,* diria Débora, se ainda vivesse lá. Fiz a barba, ou mais propriamente meus fios de barba, passando depois a devida loção. Conferi o sinal do pescoço — um risco só, e já em franco desaparecimento.

E voltei a campo. Não tinha ainda ideia do que fazer — apenas a certeza de que ela sairia exatamente pelo mesmo portão por onde entrara, das onze e meia em diante. A última aula é sempre uma festa, acaba na metade. Passos lentos, acendi um Continental e dei baforadas para o alto — o céu muito azul, raro em Curitiba, e o sol seco, clarividente, de uma manhã fria. O general foi ficando nervoso à medida que se aproximava da batalha: como se aborda uma mulher desconhecida? Se já é tão difícil e doloroso enfrentar quem se conhece!

Encostado no muro do outro lado da rua, olho no portão, fiquei imaginando frases de espírito e lampejos de humor — a primeira tarefa do conquistador, eu percebera no meu aprendizado no castelo, era fazer a mulher rir. O resto vinha mais ou menos por si só. Mas isso era no hotel, onde as meninas estavam sempre prontas a rir, mesmo loucas, sem piada alguma, como araras. Com Doroti a tarefa seria bem mais difícil. Num mergulho sombrio, naqueles segundos que nos emparedam no próprio silêncio e no vazio, pensei em me confessar à queima-roupa: *Fui eu, Doroti, quem assaltou tua casa. Peço perdão.* Felizmente suspendi a ideia, enquanto pela milésima vez consultava a foto da minha amada.

Humphrey Bogart, saído diretamente das reprises do Cine Ritz ao lado de Isabela, raciocinou que Doroti desceria a João Gualberto, atravessaria a praça 19 de Dezembro e subiria pela Barão do Cerro Azul até a praça Tiradentes, onde pegaria o ônibus para o Capanema. Ele estava certo, exultou Juliano ao ver as primeiras levas de alunas saindo do portão como uma colmeia que se abre. Entre elas, a sua sorridente Doroti — final de aula aos sábados, num dia de sol, é uma das grandes alegrias da vida. O que não havia previsto era o grupo de acompanhantes — quatro colegas — que se revezavam lado a lado numa tagarelice feliz. Philip Marlowe — pediria uma capa cinza à Isabela — acendeu outro Continental e seguiu o grupo a uma distância discreta. De novo sentia o prazer de uma misteriosa superioridade, sensação física que passava ao andar, aos gestos, à tragada do cigarro, ao sopro solto de quem é dono de si e está prestes a agarrar um imponderável tesouro. Num momento de distração aproximou-se demais do grupo — uma das meninas virou-se, todas se voltaram (inclusive ela) e se abraçaram reprimindo risos. Outra virou de novo a cabeça, num desafio maroto — e fitou-o, demorada, para voltar a rir com o grupo. Vermelho, ridículo, idiota, ele adernou até uma banca de jornais e comprou a *Tribuna do Paraná*, com ares de adulto enfadado.

Na Barão, a perseguição continuou, mas do outro lado da rua — e agora havia apenas uma colega com Doroti. Na Tiradentes, percebeu sua amada finalmente sozinha, na fila do ônibus. Previsão perfeita. Quase correndo, tentou ficar ao lado dela, mas no entretempo mais dois passageiros engrossaram a fila. Ele abriu o jornal, lendo dez vezes o mesmo título — *Assaltada residência no Pilarzinho* —, sem coragem de olhar para Doroti. Quando o ônibus chegou, num impulso ele resolveu entrar. Passou por Doroti, sentada à janela e olhando fixo para fora, e escolheu o banco imediatamente atrás, após breve indecisão (ficaria ao seu lado?). Os cabelos de Doroti eram negros, como na foto. Ao se sentar, investigou o nariz levemente arrebitado, os lábios carnudos, a pele clara, quase pálida, de sua amada.

Aquele momento tinha todos os ingredientes para ser muito bom — a emoção secreta do encontro, a comprovada (e suave) beleza de Doroti, o aventuresco da descoberta, o panorama que se abria em outro lado de sua vida, mesmo o silencioso poder que ele detinha em simplesmente saber o que ela não sabia. Juliano começava a se expor de verdade ao mundo, por conta própria dessa vez, e se saía bem na tarefa. Talvez Doroti fosse a chave para a sua vida mudar de rumo, para melhor, para outra — e definitiva — libertação. A um homem novo correspondem novas mulheres, perspectivas renovadas, um futuro impressentido. Mas o jornal à mão azedava-lhe o sábado. Ele queria e não queria ler a notícia. Já imaginava Odair no hotel, mãos nos bolsos e triunfo na face: *Leu a Tribuna?* É isso aí, cara. *Dois assaltantes arrombaram ontem uma casa...* Como sabiam que eram dois? Pontada no estômago. Era idiota aquilo. Odair era um idiota, ele era um idiota. Acabaria num reformatório, como o Parente ameaçava nas memórias da infância. Não era desse modo que se faria a Revolução Proletária. Nem ficaria rico, mesmo considerando as notas gordas que, dessa vez, o assalto rendeu. Meio a meio. Não precisava daquilo — e havia sempre o risco de Isabela descobrir. Como explicar tanto dinheiro? E — pior que tudo — estava nas mãos de Odair. A brincadeira de adolescente virava um jogo triste e duplo; ele, Juliano, transformava-se em adulto, mas Odair era o mesmo pequeno rinoceronte de sempre. Novo frio no estômago: como uma compensação por não ter coragem de abordar Doroti (que, em última instância, o salvaria), atropelou sinistros sobre sinistros, numa sequência de tragédias. Vítima de chantagem. Baleado. Preso. Torturado. A vida inteira no raio da *Tribuna*. Livrar-se de Odair. *Livrar-se dele*. Negócio seguinte: não estou mais a fim dessa merda. Quero acabar meu curso e casar com Doroti. A fita? Pode levar. Tenho a voz original agora. Na minha frente, olhando pela janela enquanto o ônibus avança. Solidão, ó triste solidão das minhas ruas, eu te quero só. Se eu pudesse conversar *agora* com Doroti — finalmente, depois de uma vida inteira, alguém com quem conversar. Talvez ela tenha sentido o calor na nuca, o olhar queima; voltou-se de um lance, como quem procura um passageiro imaginário nos fundos do ônibus; girou o olhar até concentrar-se um segundo em Juliano, que covardemente não se sustentou, voltando ao jornal. Quando ergueu os olhos, ela já não estava mais. Viu Doroti atravessando os trilhos, luminosa. Juliano desceu no outro ponto, mas era tarde; voltou a pé para casa, fazendo planos que não fechavam nunca. Passou o resto do dia no sótão, lendo *Os subterrâneos da liberdade* e anotando em folha à parte todas as palavras novas que encontrava, com as definições do dicionário. Sentiu saudades de Elias.

No outro sábado, esperou Doroti na praça, mas ela não apareceu. Mais um, e lá chegou ela, sozinha. Dessa vez ficou ao lado e lhe fez um aceno de cabeça. Doroti virou o rosto, mas como quem não percebe, não como quem agride. Arriscou na segunda-feira, em fim de tarde, fim de aula, e acertou. Dessa vez sorriu, disse um oi, e obteve uma resposta tímida — acompanhada de um sorriso. Voltou ao jornal, envergonhado. Na terça, ela não veio; na quarta, já se sorriram a distância, os dois corações batendo.

— Oi!

— Oi! Friozinho, né, Doroti?

— Como sabe meu nome?

Pânico. Assim eu estrago tudo.

— Segredo.

Ela sorriu, intrigada, olhos nos olhos — quem seria ele?

Clara passou a me ver a cada quinze dias, atrás de minhas páginas e de novas revelações, que ela anota criteriosamente. Às vezes eu me vejo como Juliano, um outro, ela me diz — há algo importante nisso, e eu não sabia. Perdi outra inocência. Minha palavra é minha sedução — a cada capítulo estou mais próximo da liberdade, Clara tem poderes no presídio. Avanço dia a dia no labirinto da minha história, sempre dupla: o texto que ela lê não é este que eu escrevo. O texto que eu escrevo não é o que eu vivi, e aquele que eu vivi não é o que eu pensava, mas não importa — continuo correndo atrás de mim e esbarrando numa multidão de seres. É neles, só neles, que tenho algum esboço de medida.

Mas como é nítido o Juliano da memória! Como é nítido o Juliano na escuridão do sótão, amando uma Isabela invisível em meio a um silêncio cristalizado, de fim de mundo, na antessala do mundo adulto, prazeres flutuantes nas pontas dos dedos, mistério!

Era grande o prazer e era grande o mistério, como a sagração do fogo e a fé soturna dos templos, que eu nunca soube compreender. Quando se compreende, por inteiro, a chama morre. Juliano preferia mesmo assim a irresolvida ambiguidade daquelas escuridões, sem hora nem prazo, que suspendiam o tempo e o espaço para o silêncio da iniciação. Durou uns dois meses: no outro dia, sem uma palavra, tudo voltava ao normal e nada era o mesmo. Isabela fazia de si mesma uma religião, negro ritual das profundezas. E tão limpamente representava a indiferença dos afazeres cotidianos, à luz do dia, que mais queimava a paixão de Juliano pelas suas carnes, à espera do próximo ranger de porta, errático, inexplicável. Era por Débora que ele queimava? Pois queimasse a ela, Isabela, sua Rainha, na esfera do silêncio.

Assim ele continuava, livre para perseguir Doroti, para assaltar casas e atravessar madrugadas, livre para escrever poemas, para ler Sherlock Holmes, e livre para amar Isabela duas vezes por semana, sem palavra e sem aviso, obediente, feliz, temeroso. Pois se dissesse palavra, se tentasse romper o dogma, talvez o encanto se quebrasse, anel de vidro.

Mas os medos se acumulavam. O que antes lhe parecera poder agora era só cativeiro — o de sempre. Será que ninguém percebia naquela casa que a tia Isabela coabitava com o próprio sobrinho?

— Venha aqui, Juliano, me fazer companhia. Já jantou? Eu me atrasei.

Ele se sentava com ela, num excesso de cerimônia, como quem chega hoje. Alguém percebia?

— Já jantei, Isabela.

— Então pegue um pêssego. Você nunca come sobremesa. Deia, traz um pratinho!

Dona Deia — *ela* sabia. Depois da primeira noite, um novo crucifixo apareceu no sótão.

— O que você fez hoje?

— Estudei. Escrevi um pouco.

— Uma poesia?

— Não... é... uma dissertação pra escola.

— E as notas?

— Vão bem. Menos matemática.

Ela deu uma risada.

— Também, não pode tirar dez em tudo, geniozinho.

Eu nunca gostei daquilo — receber elogios na frente dos outros. As meninas estavam ali, abrindo uma gaveta, tomando café, conversando — e principalmente nos ouvindo.

— Preciso melhorar. Álgebra vou bem. Mas geometria...

— E as aulas de datilografia, falar nisso? Não está faltando?

Reagi, enérgico:

— Não! É que hoje não teve.

— Vou comprar uma máquina de escrever pra você. Você quer?

Fiz que sim, envergonhado. É claro que eu queria, mas essa promessa ela não teve tempo de cumprir.

— Estava pensando, Juliano. Logo você pode me ajudar na contabilidade, no controle da casa.

Ela falou bem alto, para que todas ouvissem. Cochichei:

— Não entendo disso, mas tudo bem. Posso aprender.

— Não está bom esse pêssego?

— Ótimo.

Ela palitava os dentes — um dos raros momentos em que ficava feia. Era um modo irritado de palitar os dentes. Aliás, ela ultimamente andava inteira irritadiça.

— Deia, o arroz estava sem sal. E a carne, dura.

Dona Deia resmungava qualquer coisa lá do fogão. Isabela baixava a voz:

— Está caduca. — Me olhou nos olhos: — E você, triste.

— Estou bem, Isabela.

*Tudo* era duplo, ambíguo — um equilibrista na corda. Isabela gozava seus poderes crescentes, mas era como se ainda não estivesse familiarizada com eles — o passo, a voz, o gesto falseava. Como o suspiro:

— *Precisamos* de umas férias, Juliano. Viajar para longe. Ou então um fim de semana, pegar um trem pra Paranaguá, comer peixe no Rocio. Que tal?

— É uma boa ideia.

Eu preferia ir com Doroti, se algum dia chegasse a conviver mais longamente com ela. Viajar com parente é chato. Não poderia beijar Isabela em praça pública. Com ela, só duas atitudes possíveis: o amor em segredo e a obediência. Eu continuava a fiscalizar em volta, ainda intrigado: o quanto aquelas meninas sabiam de nós? O silêncio era fruto do medo — pois a Rainha não expulsara Débora para sempre? Até comigo o tratamento já era diferente, uma esquisita deferência, uma distância desconfiada e sem humor. O poder esfria e oculta. O garotinho que declamava poemas de amor, o alegre pinguim, dava lugar a um ser indefinido e esquivo, de uma insegurança sem brilho, cada vez mais mergulhado no silêncio, sem pontos de contato. *Todas* eram traídas por mim. Isabela acendeu um cigarro e me passou a carteira:

— Fume.

— Não, eu...

— Ah, fume, guri!

Sorri, idiota, e acendi o cigarro. Dei uma baforada, começando a construir esta outra segurança, a da duplicidade do amante. Pouco a pouco eu firmaria os pés e seria de novo dono de mim, ainda que precariamente, até uma nova situação, que exigiria novo domínio — aos dezessete anos vivemos aos solavancos. Mais alguns meses e eu seria *de maior,* como diziam todas — uma conquista e tanto. Contemplei — e desejei — os lábios de Isabela, a mulher que era minha às avessas. Ela nua, na escuridão, eu tinha poder. Isabela soprava fumaça, fingindo indiferença:

— E o Rude, tem visto? Faz um tempão que não aparece.

Acordei de meu sonho. Rude passara a ser o meu terror. Ele só apareceu uns quinze dias depois, num fim de tarde, como sempre, mas dessa vez bêbado, mais atarracado ainda, mãos enterradas no casaco, barba por fazer, rosto inchado — a caricatura de um tira decadente. E triste, muito triste. O poder das mulheres — irracional, anárquico, opressivo, violento, eficaz — sempre me espantou. Talvez porque ainda hoje eu não seja um homem verdadeiramente adulto, é Clara quem diz, e ela deve saber, enquanto me anota.

— Tudo bem, menino?

Estendeu a mão mole, suada. Vazio no estômago. Tudo bem coisa nenhuma. Ele agarrou meu braço, e me arrastou para a cozinha, companheiro velho:

— Vamos tomar uma cerveja.

Ele mesmo abriu a garrafa e pegou os copos — e fomos para o salão. Um bom lugar para conversar à vontade, nos fins de tarde sempre agradáveis, todas as obrigações cumpridas e uma noite das arábias pela frente, com bebida, dança do ventre e risadas até cair; seria ótimo, mas não diante de Rude. Desde o início o meu engano foi achar que ele era mais do que era; que atrás daquele bonachão corrupto havia um Maquiavel. Passei dois anos atrás de um lorde que não existia, temendo um fantasma, lendo entrelinhas de vento, subentendendo sombras, quando na verdade o silêncio e a reserva eram simplesmente a ausência do resto. Pobre Rude; bêbado e em fim de carreira, sendo chutado e traído pela mesma cafetina a quem dava proteção, com um brinquedo no coldre e uma carteira de policial. E confessando-se, tortuoso, ao menino, também protegido, que dormia com sua amada. Eu era um traidor, mas dos trêmulos — enquanto esperava Rude secar o primeiro copo, antevia-me cravejado de balas. Não é fácil.

Um monólogo interminável:

— Isabela acabou para mim, Juliano. Acho... acho que agora já podemos conversar de homem para homem. Você não é mais aquele gurizinho assustado que desembarcou na rodoviária. Espichou, voz grossa, posudo, bonitão. Ah-ah-ah! Queria que você se visse naquele tempo. Isabela pode ter todos os defeitos, e tem, mas cuidou bem de você. Não sei de onde você veio, guri, mas sei que a história é mal contada. Ainda tenho o recorte do jornal. Bom, não me interessa. Ela é tua tia, ela que resolva. Nem sei se tem alguma coisa pra resolver. Isso é entre vocês. Uma coisa é certa: ela gosta muito de você e cuida mais do que se fosse mãe. Ah-ah-ah! Estou me lembrando da Débora. Você comendo a Débora no nariz dela, ah-ah! Bom, ela não ia querer que você ficasse donzelinho pro resto da vida. A Débora era um tesão. Uma vez eu comi ela, ou ela me comeu, não me lembro. Tarada. Mas ai de quem mexer em um fio de cabelo do garotinho da Isabela, ah-ah-ah! Jogou a tapa pra fora daqui, ah-ah...

A gargalhada transformou-se em tosse cavernosa, de afogado. Levantou-se e foi buscar outra cerveja, cambaleando. Sentou-se, devagar. Havia um tormento na cabeça dele. Um tormento sem forma, um tormento sem nitidez, um tormento cinza. Súbito:

— Ela é tua tia mesmo?

Silêncio.

— Bem, não interessa. Quero te dizer uma coisa, Juliano: a Isabela está muito enganada. Ela vai se foder de verde e amarelo. Ela está enchendo o cu de dinheiro e está achando que pode cagar na cabeça dos outros. Eu tenho ela aqui, ó, na palma da minha mão. Na minha unha.

Ele estava com o rosto a um palmo do meu, eu sentia o bafo, via as veias dos olhos. Era uma fúria sufocada, a fúria das vítimas, dos injustiçados, dos esquecidos. A feia fúria do ressentimento e da impotência.

— Você sabia, Juliano, que essa putaria inteira agora é dela? Cada cadeira aqui. No chuncho e no papel passado. Essa putada toda passando fome, trepando e chupando pau pra dar dinheiro pra Isabela. E morrendo de medo de levar um pontapé na bunda e ter de dormir na praça. Como a Débora. Você sabia que a Débora está na merda? Eu que tirei ela da cadeia ainda ontem. A Isabela pode ser tua tia, mas é uma grande filha da puta.

Náusea. A mão dele, crispada, me agarrava o braço. Nojo. Sou delicado. Dessa vez Rude não se encaixava em nenhum vilão das histórias da minha infância. Um pequeno ogro triste, que não servia para nada, caminhando no deserto. Mas eu me calava.

— Ela pensa que virou dama. Ela quer ser bacana, agora. Ela acha que pode sair por aí pisando na cabeça dos outros. Defendi essa vagabunda a vida inteira sem pedir nada em troca, garanti a segurança, até arranjei mulher menor para ela, arriscando meu pescoço — e agora ela cospe.

Nenhuma inocência resiste à exigência da troca.

— Você sabia que ela agora está circulando mais alto? Eu não sirvo mais. O negócio é o delegado, é o secretário de Segurança, é lá por cima, e ela dando, grana e boceta. Não é mais cafetinagem, é hotelaria. Coisa fina, Juliano. Só falta carro e motorista. Onde é que você acha que ela está agora? Onde é que ela passa as tardes?

Senti um nó, mas resisti — que o ogro não me contaminasse. Isabela, minha amada. Que o ogro se calasse. Mas a coceira ouvia.

— Ela vai se foder, Juliano, ah, vai! Tenho ela aqui, ó, na unha. Sei cada podre da vida dela. Documentado. Ela pensa que eu sou burro. Ela pensa, aquela puta, que eu sou um tirazinho de merda que qualquer dinheiro compra. Ela pensa que não precisa mais de mim. Ela pensa que nem precisa mais pagar o que me deve. Estou avisando, que ela é tua tia, e vai acabar sobrando pra você. Estou avisando que ela vai cair do cavalo. Estou avisando que ela vai se foder, porra!

Foi buscar outra cerveja, agarrando-se nas cadeiras. O salão, a cozinha, a casa inteira estranhamente vazia, como um fim de festa que não houve. Ele voltou, pôs a garrafa na mesa, puxou a cadeira, mas desabou no chão. Ajudei Rude a levantar-se; sentou-se, incerto, esvaziado — a fúria ou explode ou se esfarela em farsa. Onde ele estava?

— Estou avisando... — repetiu feito um eco, atrás da meada, talvez com uma consciência estranha do ridículo, que ele não chegava a alcançar. Olhou para mim, nublado. — Juliano, bom rapaz. Você não precisava ouvir isso, mas eu te quero bem. Também te ajudei a criar. Você não sabe, mas sempre te cuidei. Você tem educação, Juliano, você é gente fina. Eu tenho olho. Não sei quem são teu pai e tua mãe, não sei se existem, mas eles te trataram. Não deixe essa mulher te apodrecer. Você vai cair junto, e o tombo vai ser feio. Arranja um emprego e se arranca dessa putaria. Eu tenho toda a ficha da Isabela, dos catorze anos até agora. Fede.

Era falar de Isabela e ele enfurecia — e inspirava-se:

— Vou te dizer uma coisa, Juliano: o dinheiro pode fazer qualquer coisa nesse mundo. Pode comprar tudo, até o presidente da República, até o arcebispo metropolitano. O dinheiro só não consegue transformar uma rampeira em madame. — Iluminou-se, no assombro da descoberta: — Uma vez puta, sempre puta!

Desmanchou-se numa gargalhada odienta, que me arrepiava. Minha náusea subia, esôfago acima.

— O que você acha?

Eu poderia destroçar uma cadeira na cabeça dele — respiração para isso eu já tinha. Mas engoli cerveja. Ele me olhou de viés, envenenado. Talvez eu também estivesse pensando que podia pisar na cabeça dele. Talvez eu também estivesse achando que era alguma merda na vida. Talvez eu estivesse sonhando que podia dar de galo, assim, sem mais nem menos, e virar as costas para Lorde Rude.

— Vi você com a namorada, na praça Tiradentes.

Parei. O ódio é um fantasma que súbito atravanca, sem ar. O ódio poderia quebrar aquela garrafa na cabeça de Rude.

— De mãos dadas, bonitinho. Bom menino. Acho que conheço ela. Filha do Melo, um advogado importante. Vive processando a polícia. Um grande filho da puta. Ele faz pose de honesto. Mas quem sabe?

O fracasso central de todo corrupto é o fato de que pelo menos uma vez na vida ele defronta com alguém que não está à venda, com alguém que, de algum modo, não entra no jogo. Não é nem uma questão prática, que se pode evitar, este serve, aquele não serve — é existencial. A mera possibilidade dessa abstração — um homem honesto — destroça a arquitetura moral do corrupto, aquilo que em última instância o deixa em pé, como a qualquer outro homem. Para Rude, apodrecer tudo o que tocava era mais que um meio — era um imperativo moral, porque de outra forma o mundo não fazia sentido.

— Diz que assaltaram a casa dele. Vingança. Com cachorro morto e tudo. Não levaram nada. Só a fotografia da filha. Como é mesmo o nome dela?

Um só desejo: *matar* Lorde Rude. Quem não desejou, súbito, a purificação pelo homicídio? A gosma de Rude me tolhia os gestos, pegajosa na alma, sacudindo os ossos, arrancando-me os olhos. Trêmulo — maldito silêncio, maldito vazio —, enchi meu copo, e, suspendendo temporariamente meu crime, servi meu inimigo até que a espuma transbordasse. Ele se recostou na cadeira, satisfeito, mas ainda não de todo:

— E o Odair, tem aparecido?

Eu estava na mão daquele vagabundo. Mais: eu estava na mão de *dois* vagabundos. Eu era o terceiro vagabundo da história. E havia algo ainda pior que desabar de toda inocência — era sentir nas vísceras o peso irremediável da covardia. É estranho, mas até aquele momento eu era um arcanjo, sequer um arcanjo acima do bem e do mal, mas um arcanjo cego, a quem nunca fora dado o fruto da escolha. E, de repente, estragado por inteiro, nascia o impulso da morte.

Enrolando cada vez mais as palavras, ele chafurdava em seus domínios:

— Aquele guri é um borra-bosta, e é outro que tem vida curta. Já safei ele uma vez, porque devo uns favores pro pai dele, que me deve outros, e assim a gente vai levando. A merda que esse Odair tem na cabeça é da pior qualidade.

De novo segurou meu braço com a mão suada, quase encostando o nariz no meu:

— Nunca entendi uma coisa, Juliano. Um dia você quase matou ele de porrada, e foi bem feito. No outro, estão de mãos dadas jogando bilhar e fumando maconha. Desse jeito você vai virando uma merda burra igual a ele e logo vai tomar na bunda sem que o amigo Rude aqui possa mexer o dedo para limpar a cagada. Vou avisando: um dia eu ainda vou pendurar o Odair num pau de arara e matar de porrada e jogar sal em cima. É só ele começar a mijar fora do penico. Ele é outro que está pensando que pode me dispensar. Não sei se você sabe, você parece que não sabe nada de porra nenhuma, mas ele trabalha pra mim de vez em quando. Aquela bosta também é cria minha, mas ele está achando que já é grandinho. Aquele pirralho debiloide que só serve pra levar recado também está achando que eu já sou carta fora do baralho. Que ele pode sair por aí fazendo servicinho por conta própria. O que você acha?

Fala, porra! Você conhece ele, deve saber o que ele diz. Eles estão achando, essa corja toda, que eu vou me aposentar quietinho, que no fim das contas só eu vou tomar na bunda, eles estão achando que a merda toda vai sobrar pra eu cheirar. Eu não sei que porra você vai fazer da vida, mas eu achava bom que você me levasse em consideração, estou avisando.

Náusea e terror: aquele bêbado grotesco a falar cuspindo de coisas que eu não sabia, e no entanto a lama já me tocava o pescoço. Um horror *definitivo,* eu estava condenado ao subterrâneo — e não havia nada a fazer, os arcanjos não sabem fazer nada. Olhos arregalados, vômito na garganta: quem me salvaria? Ele recuou, bufando. Também precisava respirar, juntar os pedaços soltos do cérebro, talvez surpreendido com o próprio descontrole, em última instância os cacos de uma dignidade ferida, a prova da revolta e da grandeza, que ele entrevia agora lá no último plano de uma vida inteira, um pequeno e insignificante brilho piscando ao fundo da negra massa da memória. Que ninguém pisasse no que lhe restava!

Ele voltaria à descarga? Tudo o que eu desejava era um minuto de silêncio para fugir dali, apagar aquele horror pegajoso, aquela discreta escravidão que me acompanhava desde o nascimento, aqueles trancos nos ombros, mãos nos meus braços, dedos no peito, principalmente aquele ar já respirado que eu respirava. Era isso: matar Odair, matar Lorde Rude, matar Isabela, assim como eu já havia matado meu pai e minha mãe, ir matando todos os monstros da floresta, um a um, até chegar ao lago encantado onde eu pudesse, finalmente, ver minha própria face.

Pelo repentino brilho dos olhos de Lorde Rude, descobri que Isabela entrava no salão, às minhas costas — e descobri, em meio ao ódio e ressentimento que brotavam do ogro, a paixão devastadora do pequeno monstro, o desespero e o espernear dos dependentes. Eu me ericei inteiro, prevendo uma batalha de morte, mas — ó imensa superioridade da Rainha! — com seu perfume veio a paz:

— Rude, que surpresa!

Sem nenhum pé de apoio — o ódio já estava um minuto atrás —, o ser derreteu-se em visgo:

— Como está, Belinha?

— Sóbria, por enquanto. E você, enchendo a cara? — E como se não corresse risco de vida, pôs-se a conferir as garrafas vazias, dona de bar fazendo contas.

Ele moveu-se num espasmo de baba:

— Eu pago essa... essa... essa merda...

Mas a risada de Isabela desarmou-o:

— Você aqui não paga nada, meu doce. Era só o que faltava. Que brabeza!

Foi o suficiente para ele se recostar, vacilante. O poder da mulher é superior ao poder de Deus. E as mulheres existem.

— Senti tua falta, Rude. O que tem feito?

— Por aí — disse ele, a cada segundo mais desarmado, numa aflição de manter distância, de sustentar a raiva, mas a presença de Isabela aniquilava. Ela olhou para mim, simpática, mas interrogativa, e eu me apressei a explicar.

— A gente estava conversando.

— Conversa de homem para homem! — frisou Rude enchendo outro copo, a voz e o rosto sugerindo coisas terríveis, talvez ameaças, que Isabela se cuidasse, mas tudo achatado pela insegurança, um arremedo ridículo. O perfume, os lábios, a leveza, a altura, tudo isso era demais para Lorde Rude enfrentar. Ele se agoniou torto, a roupa apertava, uma tentativa bêbada de desprezo que ficava lá embaixo, longe dos belos olhos de Isabela.

— Hum... então deixo os meninos conversarem. — Recolheu as garrafas vazias. — Querem que eu mande outra cerveja?

Ele ergueu a custo a cabeça:

— Manda uma grade, Isabela. Vou ficar bebendo aqui até o cu fazer bico.

Era uma derrota deselegante, baixa, desprezível. Ela deu uma risada luminosa e compreensiva, acompanhada de um aceno suave de cabeça, lá do alto, *ah, Rude, sempre o mesmo!* E antes de sair, um recado direto para mim:

— Depois preciso falar com você, Juliano. Não, não agora; mais tarde.

O que significava: saia daqui o quanto antes. Desejei amá-la assim, à luz do dia, como um banho de riacho. Mas bastou ela virar a porta para Lorde Rude arremeter contra mim, a mão me agarrando o braço, o sopro na minha cara:

— Essa rainha de merda pensa que eu sou um idiota. Talvez até você esteja achando que eu sou um idiota. Você viu, essa puta?, veio aqui contar garrafa, pra ver se eu estou gastando muito do dinheiro que eu enfiei no rabo dela. Veio aqui cagar pose como se não tivesse acontecido nada. Você sabe o que essa rampeira me disse? Você não sabe porra nenhuma, guri. Você acha que porque é o protegido dela está feito na vida. Você sabe? Olha, eu sempre cuidei dela, eu já até gostei dela. Tem anos e anos e anos aí. Ela já fazia parte da minha vida. Eu ia deixar alguma coisa pra ela, estava providenciando. Estou ficando velho, logo vou ficar broxa mesmo, então ia cuidar dela, porque eu tenho família, meu filho está na universidade, tenho a patroa lá, nunca me faltou nada, mas essa puta não reconhece, ela acha que eu sou um caroço. Você não sabe o que essa mulher me disse. Eu podia pegar esse revólver aqui — tirou o revólver da cintura e depositou na mesa — e furar o olho dela. É a coisa mais fácil do mundo.

Ele chegou mais perto ainda, o cotovelo empurrou o revólver, o cano na minha direção.

— Eu sei, e tenho prova. Nunca contei isso pra ninguém, mas vou contar pra você saber de quem você é afilhado. Eu sei, e ela sabe que eu sei. Você viu como ela me puxa o saco, não viu? Não é de graça não. Nada pra ela é de graça. Pois eu vou contar pra você.

Ele resistia, ele não queria contar. Bebeu mais um copo, e depois outro, e arrotou, e baixou a voz — escorria um fio de baba pelos lábios moles. Por trás do horror, havia o prazer de quem conta uma história exemplar, carregada de ensinamentos secretos, que só os muito sábios conseguem apreender.

— Isabela tinha uns quinze anos. Era muito, mas muito mais bonita do que esse bagaço de hoje. Ela... Juliano, essa mulher era muito bonita.

Ficou me olhando, morno. Talvez espantado pela noção de beleza, que era um fato na vida, mesmo na dele. Talvez não quisesse mais contar. Talvez eu não estivesse acreditando.

— Ela emprenhou. Ela emprenhou e enlouqueceu, assim, de lua, mula sem cabeça. Ela tomou veneno, enfiou agulhas de tricô na boceta, fez despacho. Ela arrancou cabelo da cabeça e meteu tesoura no pulso. Eu vi.

Lorde Rude encheu outro copo e limpou a baba do rosto. Eu olhei para trás: ainda não havia ninguém no salão. Eu não queria ouvir o final da história.

— E não adiantou nada, Juliano. Aquele diabinho nasceu chorando de raiva e era homem. Num galpão lá na casa do caralho. Eu sei onde é. Existe até hoje. Quando eu abri a porta, quando eu entrei de lanterna naquele escuro, eu procurando ela, a filha da puta tinha desaparecido dois dias antes, quando eu abri a porta lá estava ela ensanguentada num cobertor. E —

Ele não queria *realmente* contar — ele *não podia* contar, é como se ele jogasse fora um instante sagrado da vida, a imagem secreta que, de tão poderosa no seu silêncio, restava como enigma — a simples menção do nome destroça toda esperança. Era já um fiapo de voz:

— Ela matou assim, Juliano, com as duas mãos, e na minha luz era tudo uma sombra. Era... uma porra duma dor fria, assim... — e ele olhava para as mãos. Ele parecia sentir uma dor de verdade por trás do teatro. Inútil; tudo era inútil agora. Verbalizado o instante, não sobrava nada. Uma rotina seca: — Enterrou lá mesmo. Ela... ela estava imunda. Aquela terra... — e Lorde Rude olhou em torno, querendo mudar de assunto.

Muitas vezes eu faltava às duas últimas aulas, voava para o meu sótão, tomava banho, punha roupa nova e corria para a Biblioteca Pública, seção infantil, esperar Doroti. Ela era estagiária na Biblioteca. Do lado de fora, com um botão de rosa em punho, comprado das floristas da Generoso Marques, eu via Doroti em volta das mesinhas, acompanhando a leitura e as brincadeiras das crianças. Ela já tinha dito que eu poderia entrar, havia poltronas, revistas para ler, mas só uma vez aceitei o convite; sofrendo minha timidez tosca, me senti ridículo, exposto aos olhares nunca neutros das funcionárias (não há neutralidade no olhar de ninguém), o frio doloroso da espera, endurecido na poltrona, enquanto minha Doroti acompanhava as crianças com doçura. Eu sentia um verdadeiro desespero por ficar sozinho com ela. Se há alguma coisa *inefável,* meu encontro com Doroti era assim. Para não dar a impressão de que eu não era simplesmente xucro, eu procurava não ser visto enquanto a via — circulava em volta, mudava de calçada, agoniava-me (quem sabe ela saísse pelos fundos?), aproximava-me perigosamente da grande porta de vidro para recuar em seguida, sentindo que os outros viam o botão de rosa na minha mão — também era ridículo segurá-lo, como um poste envergonhado, mas o prazer de entregá-lo valia o sacrifício. Doroti sorria — *Obrigada, Juliano* — e baixava a cabeça. Nós ainda não nos tocávamos — até no esbarrão involuntário, no pequeno toque de dedos, no roçar curto de ombros, havia susto.

Era uma viagem estreitíssima, de duas quadras, até o ponto da Tiradentes; o tempo voava, havia sempre muita gente na rua e a aflição do almoço. De modo que aquele caminhar resultava incompleto, absurdo, um desespero de conversar esmagado por silêncios excessivos, por um sem-jeito agoniado, muita coisa a fazer: atravessar a rua, cuidar dos carros, desviar dos outros, avançar com pressa, perdendo palavras no espaço, um inchar de desejos. Às vezes — era o pior que podia acontecer —, já no meio da praça, ela desandava a correr (*Meu ônibus!*) e, mal voltando a cabeça em despedida, desaparecia na multidão.

Pouco a pouco, eu não podia pensar em mais nada que não fosse o encontro com Doroti. Foi um processo lento; muito lento, mas de uma lentidão natural, não medida. Não poderia acontecer de outra forma. Eu sentia um medo terrível de dar um passo em falso e ficar sem nada. Às vezes eu preferia ficar no sótão, escrevendo cartas que nunca seriam entregues, a ir esperá-la. Percebia que agora eu tinha a iniciativa da vida, eu podia agir, criar situações, modificar a ordem das coisas — uma sensação nova, já que em todo o meu passado eu havia sido o objeto de experimentação do resto do mundo. Agora, cabia a mim *fazer alguma coisa* — e eu tinha claramente a opção de *não fazer*, uma sensação inédita, que me paralisava. Se as coisas eram realmente assim, isso me escapa; mas a *sensação* era real.

O que falávamos? A rigor, nada. As palavras eram pequenos envelopes cifrados que íamos trocando sem abrir, cada um com uma pilha guardada no bolso, que subitamente desaparecia — e lá ficávamos nós idiotamente olhando os carros até que a rua pudesse ser atravessada. Uma dança louca e gentil.

Aliás, o meu termômetro estava sempre ligado à gentileza de Doroti: o mínimo silêncio, a menor desatenção, uma réstia de contrariedade e meu coração disparava. Não posso perdê-la. Uma vez, chegando na corrida, não levei o botão de rosa, o que também era um teste. Fui aprovado, porque ela sorriu:

— Ah, hoje não ganhei flor!

Balbuciei explicações, e ela sorria, gozando os prazeres da minha devoção.

— Estou guardando todas elas. Eu tiro as pétalas e ponho entre as páginas dos livros. Dá sorte, sabia?

Eu não sabia. Eu não sabia nada.

— E as crianças, hoje?

— Uns amores. Adoro crianças. E você?

— Eu também.

Que sabia eu de crianças?

— Cuidado com o carro, Doroti — e delicadamente puxei-a para trás, escondendo a mão em seguida.

— Ui, quase! Bem que o meu pai diz que só tem motorista barbeiro em Curitiba.

Sorri amarelo. Não me agradava ouvi-la falar do pai, e ela sempre dava um jeito de falar nele. Não satisfeita, queria saber do meu.

— Já morreu, há cinco anos. — Ela paralisou-se, consternada. Viriam mais perguntas, era preciso mudar de assunto rapidamente. Arrisquei: — Você tem namorado, Doroti?

Estávamos na fila do ônibus, e eu temi que mais alguém ouvisse. Ela me olhou, doce sorriso.

— Não. E você, tem namorada?

O ônibus encostou rangendo freios, ganhei tempo:

— Ahn?

— Namorada. Você tem?

— Não. É claro que não.

A fila andava. Um jeito de repreensão:

— Você tem cara de quem tem namorada. Um monte delas!

Fiz que não. Talvez fosse bom ela pensar assim — eu ganhava poder, o que comprovei na ligeira aflição da pergunta, da porta do ônibus:

— Você vem amanhã?

— Se puder, eu venho. Tchau!

Voltei para o sótão, estufado de felicidade. Doroti estava me *educando*; não no sentido livresco (eu tinha lido muito mais livros que ela, e acho que foi por aí que ela começou a se prender a mim), mas social mesmo. Com ela, descobri o quanto eu era tosco, bruto, o quanto faltava de leveza à minha vida, ao meu tom de voz, ao meu andar e aos meus gestos. Com ela aprendi a olhar mais cuidadosamente para os outros, amadureci a difícil arte de pesar e avaliar o espírito que paira entre duas pessoas que falam, aquele território de ninguém que tateamos inseguros. Tão dono de mim no bordel, tão tímido na rua! Dia a dia, Doroti me ensinava. Ela tinha a fineza natural dos bem-educados, a delicadeza da civilização, aquele saber intangível dos que, sem a tortura do medo nem a estupidez da miséria, reconhecem o outro como um semelhante, alguém da mesma espécie e da mesma altura, a quem é preciso ouvir e falar. Nem polidez, nem artifício, nem arrogância; civilização, eu diria; uma consciência tranquila da própria dignidade. Ela era mais nova do que eu, era mesmo mais ignorante do que eu — mas que esquisita superioridade! E que coisa estranha existir alguém assim no mesmo espaço em que se arrastavam aleijados vendendo loteria!

Afinal — tudo na minha vida demorou, sou um retardado nato — nos encontramos prolongadamente, num sábado à tarde, frio, azul, ensolarado, gostoso, para um começo de namoro. Esperei Doroti no ponto de ônibus, com meia hora de antecedência. Ela desceu de azul, trazendo-me o melhor presente da minha vida: *O livro da Jângal*, de Kipling.

— É muito bonito. Você vai gostar.

A dedicatória dizia, com a letra já conhecida: *Ao amigo Juliano, da Doroti*. Eu saía da caverna de Platão para um mundo de plena luz — *tudo* tinha contorno naquela tarde. Levei-a para a florista:

— Hoje você escolhe a flor.

Ela escolheu o mesmo botão de rosa de sempre. Fechou os olhos, sentiu o aroma e sorriu. Estendeu a flor para mim:

— Sinta.

Avançamos meio ao acaso, em direção ao Passeio Público. Não me ocorria nada melhor a fazer senão andar ao lado dela. Quando calculava minha tarde, descartei imediatamente a hipótese do cinema — seriam duas horas alheias, em silêncio, no escuro. Ela seguia ao meu lado, discreta e feliz. No início a conversa era tímida e fragmentada, mas não tinha a menor importância. Eu folheava o livro de vez em quando, e, nas esquinas, segurava discretamente o seu braço, cuidando os carros. Logo começou a acontecer o que eu temia, mas que teria de enfrentar: ela desejava saber mais de mim, um jogo inocente de decifrar um mistério.

— Você quase nunca fala de você, Juliano.

— Não tenho nada de especial. Por que você quer saber mais?

— Ora, por quê. É claro, Juliano! Como eu posso sair com quem eu não conheço? Você não vai querer namorar uma menina que sai com quem não conhece. Vai?

O "namorar" me deu um arrepio de prazer. Não sei se Clara entende, mas era uma coisa absolutamente nova. Dei uma risada:

— Mas você me conhece.

— Então, vamos ver. Juliano Pavollini. Certo?

O Pereira não fazia falta.

— Certo.

— Dezessete anos.

Protestei:

— Mas logo faço dezoito.

— Não trapaceie, Juliano. Ainda tem dezessete. Não pode ver filme proibido — e ela riu. Eu ri também.

— É verdade.

— Estuda no Colégio Estadual.

— Meio atrasado, mas...

— Não acredito que você tenha sido reprovado. Você sabe tudo! O que houve?

— Pois fui reprovado, no terceiro ano. Pura perseguição. — Ela riu, eu protestei: — É verdade!

Era verdade mesmo, mas não insisti. Ela que insistia:

— O que é mais?

— Bem, com a morte do meu pai, a transferência para Curitiba, perdi outro ano. É só.

— Você recupera logo.

Entramos pelo portão principal do Passeio Público. Estava cheio de gente festiva, uma gritaria de crianças, levas de famílias de mãos dadas, pipocas, balões, carrinhos de bebê, papéis coloridos, o rio verde.

— Você mora com a mãe, Juliano?

— Não... é... minha mãe também morreu.

Ela parou, me olhou.

— Você nunca me disse. De... acidente?

— É. Um ônibus desgovernado. Foi... foi horrível.

Em silêncio, ela avaliava minha solidão. Convenci.

— Desculpe. Acho que você não gosta de lembrar. Você tem irmãos?

— Não, eu... eu era filho único.

O processo de contar mentiras tem um mecanismo inexorável, as cordas vão puxando umas às outras e pouco a pouco nos enforcando. Fiquei de sobreaviso, querendo e não querendo mudar de assunto. No fundo, comovia-me com a imagem que eu fazia de mim mesmo, mas temia ofender a inteligência de Doroti. Era preciso cuidado numa tarde tão bonita. Comprei pipocas — nós dois escolhemos da salgada, que é a verdadeira pipoca — e sentamo-nos num banco, ouvindo a gritaria das aves. Não mudei de assunto; era bom encerrar a questão de uma vez.

— Então, dona investigadora: descobriu quem é o Juliano?

— Fui indiscreta, né? É que você... você tem um jeito misterioso, assim, sério, meio adulto. Você é vivido, já passou coisas terríveis.

Gostei de ouvir.

— Você está certa: *já passou.* Agora estamos aqui... — eu ia acrescentar *namorando,* mas me calei. Para o namoro se consumar era preciso, no mínimo, que eu segurasse sua mão, mas faltava coragem.

Diminuí o ritmo de comer pipoca, subitamente consciente da minha falta de educação. Eu nem estava com fome. O problema é que o meu silêncio espicaçava a curiosidade de Doroti:

— Eu nem sei onde você mora, Juliano.

— Por essas bandas — e fiz um gesto vago, desesperando-me atrás de um outro assunto.

— Sozinho?

— Não ainda. Moro com minha tia.

— Mesmo? Ah, eu quero conhecer! Você me apresenta? Como é que ela é?

— A tia Isabela?

— Isabela... um nome bonito...

— Só o nome, Doroti. É uma velha chata, ranzinza, mesquinha e caduca. — Pensei exclusivamente em dona Deia, como reforço. — Não vejo a hora de conseguir um emprego e cuidar da minha vida por conta própria. Mas ainda sou menor de idade. Nunca que eu vou te apresentar pra ela, ela ia estragar tudo.

O que não era exatamente uma mentira. Doroti me fitava, pensativa, interrompendo a pipoca.

— Ninguém é tão ruim assim, Juliano.

— Eu juro que *ela* é.

— Você é um rapaz bem-vestido. — Ela ajeitou meu colarinho. — Deve ter o dedo da tua tia aí. Não estou certa?

Calei-me, sentindo vergonha. Mas a própria Doroti pediu paz, segurando o meu braço:

— Desculpe, Juliano. Você deve ter suas razões. Eu sei como é isso. Acho que agora entendo por que você não gosta de falar da tua vida.

Doroti era *perfeita*. Mantive ainda o olhar sério, mergulhado nas profundezas do abismo humano. Ela voltou à pipoca:

— E depois do científico, o que você vai fazer?

— Sabe que eu não sei? E você?

— Também não sei. — Rimos. — Talvez professora. Meu pai não gosta muito da ideia, diz que não tem futuro, quer que eu faça advocacia para assumir o escritório dele.

De novo, o pai.

— Mas você tem jeito de poeta, Juliano.

— É mesmo!? Como é que você sabe?

— Ah, então acertei?

— Não, não. Não. Por que é que você acha isso?

— Sei lá, o jeitão, assim. Você lê muito. É diferente. É um pouco tímido também, isso é. Dizem que os poetas são tímidos. O Álvares de Azevedo vivia na taverna, sozinho num canto. Não era assim?

Eu tinha um poema dobrado no bolso, já quase farelo na minha mão. Arrisquei:

— Eu sou poeta.

Sensação ridícula, encher a boca para dizer: *eu sou poeta.* Mas ela se iluminou:

— Mesmo? Então declame um poema pra mim. Adoro ouvir poesias.

Trêmulo, desdobrei meu poema, esperei uma família passar à frente — um menininho me mostrou a língua — e li meus versos, gaguejando um pouco. Ela não parava de sorrir. Pôs a pipoca no colo, bateu as mãos tirando o sal e pegou a folha das minhas mãos, com a ponta dos dedos, para não sujá-la.

— Bonito, muito bonito. Dá pra mim?

— Pode ficar, Doroti. Fiz pra você.

Ela leu minha obra de novo, dobrou-a e guardou-a na bolsinha. De novo, as pipocas.

— Viu como eu adivinhei?

Mantivemo-nos em silêncio. Grandes esperanças. Terminada a pipoca:

— Você não gosta de estourar sacos de pipoca? Quando eu era pequena não perdia quermesse do Prado Velho só pra comer pipoca e estourar o saquinho depois.

Dito e feito — soprou e *ploft!* Rimos. Não fiquei atrás:

— Eu também sei.

Soprei com força, mas o estouro foi uma decepção. Ela riu:

— Você ainda não domina a técnica de estourar saquinhos de pipoca. É preciso muita prática.

Perto de Doroti, minha Rainha era um caminhão cheio de toras mal amarradas. Ela levantou-se:

— Vamos ver os bichos?

Um leão pachorrento refestelava-se num pedaço de sol, a cabeça a mil anos-luz daquele parque barulhento. Crianças jogavam pedrinhas no bicho, que não se dignava a abrir os olhos.

— Isso me lembra uma coisa. Sabe por que o meu nome é Doroti?

— Não. É um nome bonito.

— Por causa do Mágico de Oz. Na semana que eu nasci, meu pai tinha assistido o filme *O mágico de Oz*, com Judy Garland, um filme antigo, famoso. Você viu?

— Não, mas conheço a história. Esse aí é o leão cansado?

— Leão covarde.

— Isso! E você é a Doroti, a menina que tem um sonho. Não é assim?

— Huhum. Já vi o filme e já li o livro duzentas vezes. Acho linda a história. Ela tinha um cachorrinho chamado Totó. Parece que o Walt Disney vai fazer um desenho animado, deve ficar lindo. Se eu nascesse menino, ia me chamar Humberto, o nome do meu avô. Morreu quando eu era bem pequena.

Era estranho o modo tranquilo como ela falava da família.

— E você, por que se chama Juliano?

O leão ergueu a cabeça, rompendo a preguiça, e nos olhou de outro universo.

— Pois não sei. Acho que meu pai gostava de imperadores.

Quase inventei um irmão chamado César, mas mordi a língua a tempo. Lembrei-me de que era filho único. Ela testou o meu som, olhando a jaula:

— *Juliano*. Eu gosto. Você não me disse ainda como sabia meu nome.

— Ora, ouvi a conversa das suas amigas. Passei meses querendo falar com você.

— Meu apelido é Tira, sabia? Mas eu prefiro Doroti.

Largamos o leão e avançamos pelo parque infantil. Percebi que, delicadamente, ela buscava um pouco mais de intimidade. Talvez ela tivesse mais prática de namoro que eu. Eu prestava atenção, antenas ligadas.

— Aquele dia que você nos seguiu tão descaradamente... rimos — ... minhas colegas te acharam muito charmoso, assim, um jeito de homem.

Senti orgulho; eu não era tão feio como me via.

— Eu pensava que você morasse lá perto de casa. Por que você pegava o ônibus comigo?

— Eu queria falar com você, mas não criava coragem.

— Bobo! Bem, também sou boba... Eu percebia que você queria falar comigo e morria de vontade de falar com você. E lá ficava a gente na fila, dois bobos, mal e mal se olhando de vez em quando.

Uma risada gostosa. De repente ela advertiu, muito séria:

— Sou ciumenta, sabia? E você, é ciumento?

— Eu... não sei, não tinha pensado nisso. Não consigo imaginar você com outra pessoa.

Doroti aspirou mais uma vez o perfume da flor e me olhou fingindo zanga:

— Hum... muito convencido...

Entrávamos disparadamente no universo delicioso da primeira intimidade. Avançamos em direção da pequena ilha do lago. Paramos no meio da ponte de concreto fingindo troncos e tábuas e ficamos olhando a água, debruçados, cotovelos se tocando. Ela pousou as mãos na amurada, eu fiz o mesmo. Tocar uma mulher a primeira vez é um risco — se o encantamento se rompe, fica-se torto. Senti o peso desajeitado da timidez e as batidas do coração. A timidez é civilizada, penso eu. Finalmente segurei a mão de Doroti, mas o corpo ainda não correspondia ao gesto. Ela deixou-se ficar, de olhos baixos, depois voltou-se para mim, e sorriu. Eu precisava dizer urgentemente alguma coisa, mas fiquei mudo, sentindo nossas mãos. Restamos assim, felizes, idiotas, um brincando com os dedos do outro. Ela usava um pequeno anel de prata e tinha as palmas lisas, muito mais lisas que as minhas. De repente ela propôs, sem me largar:

— Que tal a gente ir até o barzinho?

Concordei imediatamente. Quando ela se virou, o botão de rosa caiu na água.

— Ai, que peninha, Juliano...

Uma frota de carpas avançou vorazmente sobre o celofane da flor.

— Logo *essa* flor... queria tanto...

— Eu te dou outra, Doroti.

Nasceu um abraço — senti o seu corpo, *diferente*, menor, do meu jeito. Eu queria beijá-la, e acho que ela também queria me beijar; pelo menos aninhou-se no meu peito um instante, mas foi tudo. Em seguida, fomos para o bar do Pasquale, de mãos dadas. O mundo inteiro era um pouco mais íntimo agora, mais tranquilo, desenhava-se um início esquisito de perfeição. Eu estava me vendo, de longe, e estava gostando da imagem. Acomodamo-nos numa mesinha à beira da água.

— Aposto que você vai beber cerveja!

Era exatamente o que eu desejava, mas não tinha certeza se devia. Ela acrescentou, como quem confessa um crime:

— Já tomei um pileque de cerveja com a minha amiga Débora. Você acredita? Mas não gostei muito, sabe por quê? — e baixou a voz, safada: — Dá muita vontade de fazer xixi...

Rimos, deliciadamente. Ela justificava:

— É verdade! E para nós, mulheres, assim, em lugar público, não é fácil...

Pedi uma cerveja, ela uma Coca-Cola, e aguardamos entre laçando os dedos milhares de vezes. Todos os prazeres miúdos do encontro e da descoberta escolheram aquela tarde para me agarrar pelo colarinho, e não me largavam mais, como as mãos de Doroti.

— O teu pai deixa você namorar?

— Ele nem fica sabendo... — súbita e séria, como quem quase põe tudo a perder: — É meu primeiro namoro *assim*, Juliano. Antes era só paquerinhas...

Estupidamente, mas em silêncio — que importava? —, não acreditei. Hoje eu tenho certeza absoluta de que ela falava a verdade. Ora, o maior desembaraço dela se devia ao fato de que ela via mais filmes do que eu — era uma delícia ouvi-la contar filmes de amor. Aliás, nós não estávamos vivendo nada daquilo; na verdade, éramos personagens de um filme em technicolor e cinemascope, daqueles inesquecíveis, cheios de paixão e suavidade, com *closes* e panorâmicas.

— Minha mãe que se preocupa um pouco.

— É a primeira vez que você fala da tua mãe.

— Ela é um amor.

Nunca vi ninguém gostar tanto de família como a Doroti. Talvez isso também fizesse parte do filme.

— Eu entendo ela. É que uns meses atrás assaltaram lá em casa, reviraram tudo, mas só levaram o meu gravador... eu tinha ganhado um gravador do meu pai... e uma fotografia minha.

Felizmente o garçom trouxe a bebida. Sequei um copo, enchi outro, prometendo me controlar. Eu nem estava com tanta sede. Enfrentei:

— Uma fotografia?

— É, tirada em estúdio, bonita, dos meus quinze anos.

A fotografia estava no bolso da minha camisa, ouvindo meu coração bater.

— Isso não foi nada. Mataram a Laica, minha cachorrinha, com pancadas de ferro na cabeça, ui, foi horrível! Não posso nem lembrar. Quando abri a porta dos fundos... ui, você não imagina, até vomitar vomitei. Mão fria, Juliano... esquente, assim...

— Como é o ditado, mesmo? Mão fria, coração quente... é a cerveja, que está geladinha.

— Você tem mãos bonitas, dedos longos, de pianista. Deixa eu ver as linhas.

Talvez a minha vida estivesse se repetindo, só que agora com todos os momentos passados a limpo, na versão definitiva.

— Você sabe ler sorte?

— Eu não! Mas tem gente que sabe. Você nunca viu tua sorte?

— Só daquelas fichinhas da balança da Stellfeld. Dizia assim: Tereis felicidade no amor e nos negócios. Li trinta vezes. Não sabia ainda o que era "tereis". Parecia uma palavra mágica.

Ela riu, tomou um gole de Coca, e voltou ao assunto:

— Pois é. O meu pai diz que é coisa da polícia, por causa de uns processos do escritório dele. Não sei bem o que é. Minha mãe botou na cabeça que querem me fazer mal. Ela morre de medo que eu saia sozinha. Mas no fim sempre acaba deixando: "Tome cuidado, menina!" Foi por insistência dela que o pai acabou botando um guarda-noturno lá em casa, nos primeiros meses depois do assalto. Mas já passou, graças a Deus.

Levantei-me, estrategicamente, baixando a voz:

— É hora de fazer xixi.

Ela riu:

— Não falei? Cerveja é assim.

Pela primeira vez na vida lavei as mãos à saída do banheiro, e voltei à plena luz do meu filme saboroso, passada a breve turbulência — já não me incomodavam a memória do assalto, o cãozinho morto, a fotografia no peito; tudo aquilo era outro filme, com outra direção, outros atores, e principalmente outro final. Jurei contritamente jamais contar a Doroti a verdade, se é que havia alguma verdade em algum lugar.

Depois do bar, andamos de pedalim, que Doroti chamava de pedalinho. Teimamos e rimos. Usamos até o último dos nossos trinta minutos, ultrapassando casais e crianças, e passando por baixo das pontes e dos chorões como quem desbrava o sertão. No desembarque, segurei firme o *pedalim* para que ela descesse — tão frágil — em segurança. A tarde acabava, a única injustiça de Deus. Pensei em perguntar se ela acreditava em Deus e na Revolução Proletária, mas desisti; em vez disso fomos ver os macacos, numa última volta. Era gostoso caminhar abraçados, todos os dedos juntos. O perfume de Doroti era discretíssimo, uma novidade para mim.

De volta à praça, minha alma foi anoitecendo, como disse o poeta — mas até isso era bom. Na despedida, eu com meu Kipling, ela com outro botão de rosa, fitamo-nos na aventura de uma outra intimidade, como quem recomeça. Fechei os olhos para beijá-la; acho que ela também.

De olho nas anotações e mordendo os lábios, Clara sugere que a imagem que faço de Doroti é exatamente isso: uma imagem. Como poderia ser de outra forma?, pergunto (talvez afoito demais), e ela se corrige. Não, eu quero dizer o grau de idealização, que de tão abstrato muito provavelmente não corresponde à realidade, você entende? Nem ela entende, suponho, porque ficou vermelha, derrubou o caderno, e se apressa a mudar de assunto, ir adiante, aprofundar as coisas. Ela diz isso porque não é Juliano, não conheceu Doroti, não passou uma tarde como aquela no Passeio Público; é simples, mas faz uma diferença brutal. Fico quieto, entretanto; é possível que ela tenha razão, sou um mentiroso. Ela insiste, quase irritada, em voltar à Isabela; este sim é o ponto central. Um espanto: Clara não gosta de Doroti.

Isabela quebrou a magia. Quando nosso silencioso incesto das madrugadas já era parte integrante da nossa vida, o aprendizado dos Prazeres Sujos que não eram sujos, mas encantatórios — as pernas, os braços, as línguas, a lenta penetração e as babas do esquecimento —, Isabela acendeu a luz em tudo que a luz tem de brutal: à luz da luz, tudo é menos, nunca mais. Além da luz, o verbo, a vida em palavra. Meses em silêncio, meses no escuro: era assim que eu queria. Que restassem para o outro dia as miudezas; falar é reduzir, e, se não tomamos cuidado, é reduzir a nada. As esferas giravam perfeitamente em suas órbitas, o Amor, os Prazeres Sujos, a Família, a Transgressão, todas na sua tranquila ordem. Separar as esferas do caos brutalizado da nossa vida, lapidar as faces da nossa pedra — isso é civilização. Mas as forças que desorganizam são muito mais poderosas e não dão descanso. As esferas de Isabela, as esferas de carne de Isabela giravam magnéticas para a gravidade absoluta: ela queria (e de fato foi) tudo ao mesmo tempo: o Amor, a Família, a Sujeira e a Transgressão. No limite do gozo e das trevas chegávamos a essa totalidade que é nada, porque tudo reduz a zero. Se não temos escarpas, se não há picos no horizonte, que tamanho temos?

Era o que eu tentava descobrir, inseguro, quando Isabela abriu a porta às dez da noite, com o salão ainda cheio. Estava bêbada; pouco, mas o suficiente para soltar amarras. Percebi que não era minha tia que chegava, mas minha amante. Uma outra intimidade agora, mais corriqueira.

— Sozinho, Juliano?

Eu escrevia uma carta de amor a Doroti. Sem atropelo, ocultei-a sob um livro. Falar por falar:

— Como está o movimento?

— Caindo. Meia dúzia de pés-rapados querendo mulher de graça.

A Rainha desaparecera. Era outra mulher do salão, atrás de um homem para ganhar a noite.

— Estou cansada. Vim te ver.

— Que bom.

— Meu pequeno Juliano.

— Não sou tão pequeno assim.

— É verdade. Não é mais meu menino.

— Não sou mais menino. Mas sou teu.

— Você tem visto o Rude?

— Não. Faz tempo.

— O Odair te falou alguma coisa?

— Do quê?

— Do Rude.

— Não. Faz tempo que não falo com o Odair. Você ainda gosta do Rude, não é?

— Aquele filho da puta. Não quero te ver falando com ele.

— Tudo bem.

— Deite aqui, Juliano. No meu lado. "Hoje estou sozinha como um pássaro lancinante." Não é assim, tua poesia? Decorei ela.

— É uma poesia ruim, Isabela. Tem pé-quebrado. A rima é pobre. E ninguém é sozinho assim.

— É linda. Você não tem defeito. Se alguém achar defeito em você eu mato de porrada.

— Não é melhor trancar a porta, Isabela?

— Se alguém subir aqui eu dou um pontapé na bunda. Por quê? Alguém mais tem subido aqui?

— Nunca.

— Bom.

— Alguém sabe de nós dois, Isabela?

— Todos. Você é o único inocente dessa casa inteira. Quero que continue assim.

— Eu vou continuar assim.

— E se alguma puta dessa casa te tocar, você me avise, Juliano.

— Eu aviso.

— Você me ama?

— Muito.

— O que eu sou para você?

— Minha Rainha.

— Vai ser sempre assim?

— Sempre.

Naquele instante, compreendi a essência metafísica da monarquia.

— Tenho vinte anos a mais que você.

— Eu sei, Isabela.

— Você não se importa?

— Quem se importa?

— Os outros se importam. Os outros falam, cochicham, apontam o dedo.

— E eu, Isabela? Sou tua única paixão?

— Hoje, sim.

— E antes?

— Só uma outra. Um professor da minha cidade. Era parecido com você. Escrevia cartas e poesias. Quase todos esses livros foram presente dele. Ainda tenho comigo a pilha de cartas que ele me mandava.

— E o que aconteceu?

— Ele chegou a comprar uma aliança de noivado. Era muito bonito e muito querido. E muito bobinho.

— Como eu? Quer dizer, *bobinho?*

— Você é diferente. Não dá pra explicar.

— E o professor, você explica?

— É simples como uma fotonovela. Fiquei grávida, ele descobriu que eu era puta e me largou. Fiquei com os livros, as cartas, a lembrança dele. A aliança de noiva eu devolvi.

— E... e ele?

— Ele casou com uma dondoca, filha de um madeireiro, que passou a vida botando chifre na cabeça dele. Tanto chifre que ele não passava nessa porta. Ficou tão famoso que se elegeu vereador. Não com o meu voto.

— Você gostava dele?

— Quem não gosta de ser amada?

— Me beije, Isabela.

— Ó, o cigarro aceso.

— Apague.

— Só tenho você, Juliano. Você é o meu menino. Vai ser sempre o meu menino.

— E você será minha Rainha. E agora, já pode me beijar?

— Você tem outra mulher, Juliano?

— Não.

— Tem namorada? Você está na idade de namorar.

— Não. *Você* é minha namorada.

— Então é uma ordem: você vai ficar comigo. Eu não vou envelhecer. Nós vamos viver juntos para sempre.

— Isso.

— Eu estou ficando muito rica, sabia?

— Sabia.

— Você se lembra de como você era quando chegou aqui?

— Mais ou menos.

— Você era um menininho assustado, maltrapilho e mentiroso, com saudade do pai e da mãe.

— Eu nunca tive saudade de ninguém.

— De mim você não tem?

— De você eu tenho.

— Você sabe, Juliano, o que eu vou fazer se souber que você tem outra mulher na vida?

— Acho que sei. Você vai me abandonar.

— Não. Isso seria muito fácil. Eu vou matar você. Com um punhal no coração. Eu acho lindas as mortes com punhal. Vou enterrar bem devagar o punhal no teu peito, pra te ver sofrendo.

— E você sabe o que eu vou fazer se eu te pegar na cama com outro homem?

— O que você faz?

— Pois eu te pego assim, Isabela, e vou te torcendo e te esmagando e te quebrando inteira até te ver morta...

— Ai, meu Juliano...

Fomos vagarosa e controladamente nos rasgando e nos invadindo na fria intimidade da luz.

Faço duas versões de mim mesmo; para meu uso — gosto de escrever — e para Clara, que gosta de ler. Tempo não é problema; o presídio é a burocracia da eternidade. Fiquei aflito quando ela me disse que terminou o estágio, mas ela mesma se apressou em acrescentar que quer continuar trabalhando comigo. Pergunta se eu concordo, e eu concordo imediatamente. São ótimas as visitas. Ela me traz romances e contos. Eu pedi livros de psicologia, queria saber de Freud, Jung, Reich, que conheço de orelha, mas ela pondera que ainda não seria conveniente.

— Nem aquele da interpretação dos sonhos, de que você me falou? Tenho sonhado muito.

— Continuo achando que não é bom. — Ela é muito cônscia da sua responsabilidade profissional. — Freud dizia que o paciente é a pessoa menos adequada para ver a si mesma.

— Sei.

Eu não me *sinto* um paciente. Ela vai dizer que isso é parte das defesas do paciente. Fico quieto; não estou em posição de forçar nada, e a última coisa que quero é que Clara não me veja mais. Ela se tornou *esperança*; pergunto discretamente como ela vê a possibilidade da minha anistia. Clara sabe mais do que diz, eu percebo, mas não quer se comprometer.

— Talvez no Natal do ano que vem, quando se completa um terço do tempo.

Eu me ilumino, ela me esfria.

— Não sei, Juliano. As coisas aqui são incrivelmente demoradas.

Sou fascinado pela eternidade. Estou ficando com memória de velho; lembro-me de cada pedaço da infância e não sei o que aconteceu ontem. Clara também reclama da cronologia, pede referências mais concretas, mas eu já as perdi; lá se vão quatro anos.

Sei que a última vez que vi Odair foi logo depois do último Natal, antes ainda da virada do ano. Já eram escassos nossos encontros. Desinteressava-me dele, que continuava o mesmo paquiderme inofensivo, enquanto eu amadurecia a cada minuto, planejando meu futuro com Doroti, em um filme, e enriquecendo-me com Isabela, em outro. Restava-me o curta-metragem de Odair, no tédio do mesmo roteiro de sempre: jogar bilhar, beber cerveja, às vezes uísque roubado do próprio bar do pai dele, uma ou outra transgressão avulsa em troca de uma puxada de fumo. A parte da maconha eu gostava, aquela abulia mágica, entorpecido de mim mesmo e acreditando em disco voador. Pelo menos uma vez fui traficante, mas não sei do quê. Odair propôs:

— Tenho que pegar uma encomenda no Portão. Vai comigo?

E lá estava eu segurando o pacote, aparentemente de açúcar, embrulhado em papel-jornal. Hoje eu sei que havia o dedo de Rude naquilo. Aliás, nunca falávamos dele. Uma ou outra vez que Odair sugeria que ele era um filho da puta, eu concordava e a gente ficava nisso. Eram monólogos agradáveis — o que eu falava rebatia na burrice de Odair e eu ouvia, satisfeito, o eco da minha voz. Uma época feliz; eu estava cheio de planos e começava a me sentir estranhamente superior ao resto do mundo. *Tudo* dava certo comigo; a própria insegurança já não era um estorvo a esmagar, mas um escudo a me defender. Nada mal para um menor abandonado: tinha uma deusa como amante, outra deusa como namorada, transitava airosamente do submundo de Odair para a luz das minhas letras, educando os meus gestos para dominar todas as esferas do dia a dia. Sem Deus, e pouco a pouco sem o Diabo, lá ia eu fazendo minha Revolução Proletária — ainda voltaria às terras do Parente para estufar minha importância. Nada mais me fazia sombra; o próprio Rude, de quem eu temia as balas no peito, já não era páreo. E o poder de Isabela era negociado, ainda que mais nas sensações do que no enfrentamento real. De fato, a minha sensação era a de que eu enganava a todos, todo o tempo, e o prazer de dominar essas cordas compensava a solidão. Ao final do filme — era dar tempo ao tempo —, Doroti me puxaria docemente para fora do poço e seríamos felizes para sempre. Perfeito.

É claro que havia os sustos, de todo tipo. Os pequenos (a carranca súbita de dona Deia me espiando da escada), os médios (Doroti não vem hoje? Doroti *não vem mais?*) e os grandes, como o revólver de Rude — mas o medo deixava paulatinamente de ser o motor da minha vida. Dos dezessete para os dezoito anos, o salto é maior que as pernas, e não caímos nunca. Assim, quando o nariz quebrado de Odair invadiu subitamente meu sótão com um jeito de quem quer me pegar desprevenido e se decepciona, mal me virei. Estava lendo *Memórias póstumas de Brás Cubas* e sentindo coceiras de escrever minhas próprias memórias. Velhinho, alquebrado e rico, ditaria a rocambolesca história da minha vida para uma secretária angelical, parecida com Clara. Odair me olhava, meio sem graça diante da minha fleuma.

— E aí, cara?

— Tudo bem.

Não se conteve, remexendo minha mesa.

— Ouvi falar que você anda comendo a Isabela.

Pois mantive uma indiferença levemente corrupta:

— É. E daí?

Minha segurança intrigava-o:

— Tremenda mulher. E você nunca me falou.

Continuei a ler. Ele não se conformava com o meu silêncio. Admiração profunda:

— Você é foda, Juliano.

Eu me senti grande e poderoso. Eu estava no centro de uma planície verde, e por toda parte, sob o sol, se estendia o poder da minha vida. Nenhum limite. Voltei a ler pela terceira vez a mesma frase, os pés na planície.

— Juliano... — era um tom de quem queria alguma coisa — ... você ainda tem aquele carretel do gravador?

Fechei o livro, me recostei na cadeira, mãos na nuca.

— Tenho.

Ele não parava quieto.

— É o seguinte: tá duro de vender o gravador sem o carretel. Aquele troço é importado, não encontro em lugar nenhum. Que tal a gente negociar? — Sorriu, seguindo os labirintos do único raciocínio que ele conhecia. — Você é foda. Você sabia que mais dia, menos dia, eu vinha aqui negociar aquele troço. Quanto você quer?

Desci vagarosamente do Olimpo, fui à cômoda, abri a última gaveta, levantei uma pilha de volumes, e, debaixo do sebento e já sem uso Livro Proibido, retirei a fita.

— Leva. Não quero nada.

Para que o fetiche, se o original já era meu? Ele controlou o espanto, talvez temendo que eu mudasse de ideia, e saiu em seguida, certamente convicto de que havia mais uma vez enganado um otário. Encastelado na minha superioridade, ponderei que tudo cresce nas pessoas, menos o cérebro — cheguei a anotar a frase para minhas memórias —, e tentei voltar ao velho Machado, mas uma mosca gosmenta se infiltrou insidiosa nas ranhuras do meu cérebro imenso. Aquele filho da puta tinha nas mãos, de graça, uma arma contra mim, com a minha própria voz confessando o meu crime inesquecível. Desabei da torre e acendi um cigarro. De repente a simples imagem da fita nas mãos de Odair ocupou todos os espaços da minha vida inteira; o coração disparou, Doroti voou da minha frente, eu estava esmurrando a cara de Rude até sentir o sangue nas mãos, que ao mesmo tempo era o bebê de Isabela e o rosto do meu pai, infeliz para sempre na parede da velha casa. Desabei. Calma, Juliano. Você *não sofre* dos nervos. Num espasmo agressivo e estúpido eu me vi batendo sem piedade no rosto de Odair, levantando-o pela goela, chutando-o escada abaixo, arrancando a socos e pontapés a voz de Doroti. Acendi outro cigarro, tonto de ódio — nestes surtos, eu tinha de deixar que o tempo me acalmasse, em silêncio, bebendo meu próprio frenesi. Naquele final de ano eram já frequentes essas fantasias de agressão, o estopim curto resolvendo a porradas minhas ansiedades, em longas viagens acordadas, previstos até os diálogos, as circunstâncias, os locais, como se uma outra vida paralela e imaginária de repente tomasse conta da original e passasse a ser um inferno de uma única realidade. Pouco a pouco o Juliano de todos os dias foi se defendendo do pesadelo, recuperando espaço na cabeça: talvez Odair quisesse apenas a segurança dele; a ideia de chantagem seria sutileza demais. Ou talvez, é óbvio!, ele quer mesmo é apenas vender o gravador completo. Bastaria eu lembrar a ele a conveniência de desgravar a nossa voz da fita — mas isso (novo calafrio) poderia sugerir a chantagem em que ele nem havia pensado. Ficar quieto: o destino resolveria, e o destino sempre foi meu amigo. Bem, nenhuma sorte é eterna; talvez... e lá ia o Juliano de novo deslizando para as trevas. Pior: a essa altura, a fita já estava nas mãos peludas de Lorde Rude, e logo ele apareceria no salão com seu sorriso dúbio. Só uma solução: antecipar-me a tudo e confessar a Doroti o meu crime, implorando perdão. Eu explicaria tudo ao dr. Melo, ajudaria na investigação: há uma conspiração para matá-lo. Suor, terror, ansiedade, e lá eu de novo esmurrando a cara batida de Odair. Era preciso de uma vez por todas *limpar* a minha vida, começar de novo, refazer tudo na planície iluminada: inteiriço, grande, sem manchas nem pesadelos, eis o verdadeiro Juliano que lutava por nascer. Mas não me davam tempo, nem espaço, nem ar — calma, Juliano. Saí para caminhar e voltei sem decidir nada, como sempre. O tempo, que o tempo passasse logo.

À noite, Isabela subiu, e pela primeira vez na vida eu fracassei, o que multiplicou o desespero. A derrota era completa; como defesa, comecei um teatro de autocomiseração, o mundo acabava, que seria de mim? Quem sabe eu confessasse a ela a razão do meu terror? Mas felizmente ela me cortou a tempo, soberana e divertida com o meu fracasso. Ela até gostou, como quem recupera uma faixa de poder.

— Fique quietinho, Juliano. Isso acontece às vezes, e nunca tem explicação. Quanto mais você procura, mais broxa fica — e ela sorriu.

— Mas...

— Psss... Pegue um cigarro e fique olhando para o alto.

Obedeci. Ela era prática:

— Esse dossel está um lixo. Preciso trocar.

Aquilo me acalmou.

— Como é que essa cama de rei veio parar aqui? Não entra na porta.

— Acho que nasceu com esse sótão. Mas é lindinha, não é?

— É. Mas é meio esquisita essa cama.

Uma nuvem de fumaça debaixo do dossel, procurando rasgos e furos para fugir. Eu soprava, mas não esquecia.

— Você tem saudades do Rude, Isabela?

— Aquele porco nojento.

Doroti jamais falaria assim. Ela diria, se o conhecesse: "Não sei, Juliano... eu acho... eu acho que não gosto muito dele..." Maior delicadeza, impossível. Ela insiste em conhecer minha tia. O que posso fazer para me salvar?

— Não pense em Rude, Juliano. Pense em nós dois. Pense na mansão, inteira branca, com colunas na frente, que vou comprar para você, meu amor. Escadarias, candelabros, mármores, mordomos, um automóvel também branco, jardins, piscinas.

Este era ainda um outro filme, cada vez mais fantástico e aterrorizante — ela *acreditava* no que dizia, e eu fazia parte insubstituível do sonho. Era cada vez mais difícil trabalhar em todos os filmes ao mesmo tempo. Eu obedecia à minha lei maior: na dúvida, fique imóvel, em silêncio. Isabela me beijou lenta, longa e castamente.

— Durma, meu menino querido...

O outro dia confirmava minhas nuvens negras: à tarde, de novo Odair irrompeu no sótão, com a secreta segurança da chantagem, visível no sorriso. Em que mãos estaria o carretel nesse momento? Em que cofre estaria amarrada a minha forca?

— Juliano, temos uma barbada pra hoje!

Eu poderia inopinadamente pedir a fita de volta — e saberia num instante o que se passava. Em vez disso, preferi tatear.

— Barbada?

— É. Faz tempo que a gente não se mexe. Você parece que não é mais o mesmo, Juliano. — Ele avançava, seguro, na intimidade marota, como nunca fizera antes: — Só porque está comendo a Isabela parece que ficou com o rei na barriga, ah-ah!

Ri amarelo. Esmurrá-lo agora seria inútil. A necessidade de cuidar cada palavra e gesto me deixava mais tenso ainda. Concordei com o assalto:

— Tudo bem. Que horas?

— Depois das dez. Uma informação quentíssima. Grana, Juliano, grana!

— Tudo bem.

Ele abriu a porta.

— Eu passo aqui mais tarde. Tenho que acertar uns trampos.

Arrisquei, sem olhar para ele, ansiedade carimbada na testa:

— Já vendeu o gravador?

Ele parou, como quem nem se lembra mais (quem sabe não se lembrasse *mesmo*?):

— Gravador? Ah, tá guardadinho. — Mão na maçaneta: — Você está com medo, Juliano?

Da fita? Do assalto? Fiquei sem ar; ele riu e foi embora. O pior confirmava-se: ele e Rude mancomunados, Doroti jogada no lixo, horrores subterrâneos vindo à tona e eu depositando minha cabeça na bandeja, um idiota. E não podia recuar agora; era preciso descobrir mais, para tomar a iniciativa — alguma vez na vida eu tomaria a iniciativa. Como? Fazer o quê?

*Matá-lo.* Ri sozinho (e me arrepiei, sinistro) com o clarão da ideia. Ele poderia ter morrido naquela escada, eu já estaria livre antes mesmo de ser escravo. Ninguém teria me acusado de coisa alguma: que culpa seria a minha se ele morresse? Sem intenção, há crime? Mais ainda: sem motivo algum, há crime? Mas agora era diferente — eu tinha motivo, vontade, intenção, *gana*. E iria em frente: matava Rude também, limpava por inteiro a minha vida, passado completo suprimido. Seria igual a Doroti — saído de *O mágico de Oz*, do nada para a vida plena, de súbito, um ser de autocriação, translúcido e sem memória, de repente *pronto*. Seria a minha exclusiva revolução, não contra os poderes, mas a favor do sonho integral, branca matéria de nuvem, brotada de uma fotografia. *Feliz para sempre.*

Jantei de má vontade, mastigando enojado a gororoba de dona Deia e ouvindo Isabela, a Rainha Louca, cochichar seus palácios, seus cocheiros, seu baile de abóbora. Eu também estava lá, o ratinho bondoso do seu delírio. Sufocado, senti a mão de Isabela no meu braço, prometendo uma grande noite para desfazer o fiasco da última. Mas a impotência deixava de ser um acidente para se tornar o sinal da minha vida inteira: Juliano, o impotente alegre, um belo conto de Natal. Dali eu via o pinheirinho piscando, a ceia tinha sido magnífica e tensa, todos morrendo de medo da Rainha Doida, o templo dos prazeres eivado de ansiedade, ó angústia da pobreza! Mortos Rude e Odair, eu teria ainda de enfrentar a Rainha, numa só frase: Adeus, Isabela. Em seguida, abraçaria Doroti no meio da praça Tiradentes, e dançaria com ela debaixo da chuva. Para isso, arrancaria todos os tocos e pedras do meio do caminho e costuraria eu mesmo a minha nuvem particular.

— Você vai sair, Juliano?

— Não sei ainda — e afastei o prato. Eu sabia, mas calculei que não devia dizer. Continuei calculando e me senti seguro em planejar as coisas com método. Não era bom que me vissem com Odair; eu o esperaria na frente. Não, na esquina. Na esquina de baixo, com a rua XV. Depois, na volta, iria ao cinema, ficaria até a meia-noite e voltaria para a delícia dos meus prazeres sujos, desta vez com a força renovada. Quem se importaria com Odair? Era melhor para mim, para Rude, para a cidade inteira, para a humanidade. Para que serve um Odair?

— Talvez um cinema, no Ritz.

A mão me alisava, dona Deia remexia seus tachos no fogão onde queimava o fogo das vergonhas infernais. Eu prosseguia calculando e o mundo inteiro se organizava com infalível precisão: a vendedora de bilhetes do Ritz me conhecia.

— Volte cedo, Juliano...

Sorri com perfeição e desci as escadas de quatro em quatro degraus. Rodei pela cidade ao acaso, procurando ser visto em alguns pontos-chaves: no Cometa, na Lotérica do Bicho, na livraria — onde li quinze orelhas de livros, à procura de um presente para Doroti. Escolhi *Estrela da manhã,* mas levaria no outro dia. Poderia esquecê-lo no cinema, esclareci, idiota, enquanto funcionários mal-humorados baixavam as portas. Saí rindo sozinho, a abstração do plano ganhando alicerces sólidos a cada minuto. No Ritz, nove e meia, conferi o cartaz: *Psicose.* Perguntei à bilheteira do que se tratava.

— De terror. Diz que é a história de um louco. Mas só começa às dez, a primeira sessão não terminou.

— Dá tempo de tomar um cafezinho. Me vê uma meia.

Paguei e saí dali intrigado: eu precisava saber detalhes do filme, poderiam me perguntar. Ora, talvez não perguntassem nada. E se perguntassem? O coração disparava, sem descanso. Ao erguer a xícara, o cafezinho derramou. Notariam que eu estava nervoso? Sensação absurda; comecei a suar. Calma, Juliano. Vontade de encontrar Doroti, de me sentar com ela num banco de praça e conversar sobre a nossa vida. Não da *minha* vida; eu não tinha vida, ela não saberia nunca nada de mim, porque eu não havia nascido ainda — Juliano Pavollini, por enquanto, era um projeto assustado querendo nascer. Dezoito anos é uma boa idade para se nascer. A metafísica da solidão:

nada, no mundo inteiro, me dizia respeito, as pessoas e as coisas me atravessavam como se atravessa um fantasma, um ser sem parentesco, súbito no meio da rua. Eu desembarcava do meu velho ônibus para aquela noite, sem coisa alguma entre um ponto e outro do tempo. Queria começar de novo; que Isabela me recolhesse ali e lesse carinhosamente minha mão, com outras linhas, e ouvisse o mundo fantástico das minhas mentiras, e que ela me salvasse. Talvez eu mesmo tivesse matado meu pai e não soubesse, no terror sonambúlico da infância — talvez eu precisasse voltar para aquela manhã, refazer o tempo, sair do meu limbo e reentrar na História, agora sim, de verdade. Senti o tapa violento nas minhas costas e dei um pulo de ódio, ouvindo a risada de Odair:

— Calma, cara! Sou eu!

Era irritante aquele cumprimento estúpido.

— Porra, Odair. Não gosto desses tapas. Já falei.

Ele pedia paz:

— Calma. Não vá me quebrar o nariz de novo, ah-ah!

Descobri que eu havia crescido — tinha agora a mesma altura de Odair. Ele falava do nariz estranhamente, para me encher de culpa, e gostava de voltar ao assunto:

— Sabe que você me fez bem, Juliano? Eu precisava daquela porrada, estava muito babaca. Botou os parafusos no lugar. Sério.

Olhei de viés: tal autorreconhecimento não seria um sinal de grandeza? Caberia alguma grandeza naquele idiota? Mudei de assunto, realimentando meu ódio e meu plano:

— Você foi até em casa?

— Fui. Aquele tesão que você anda comendo me disse que você foi ao cinema. Puta mulherão, Juliano.

Nem pensei em Isabela.

— Você disse que tinha encontro comigo?

— Eu não! Falei que voltava depois, do meio da escada, vendo as coxas dela lá no alto.

Bom. O relógio continuava acertado. Odair ria sozinho, como quem finalmente conquista um amigo:

— Você se lembra, Juliano, como você ficava quando eu dizia qualquer coisa da tua tia? Cara, você ficava puto da vida! — Deu uma gargalhada comprida, num prazer de boteco. — Até eu já estava me convencendo de que Isabela era uma santa. Porra, você é foda. Comendo a própria tia. Calma, calma, não fique brabo.

Ri junto com ele meu riso falso. Odair incorporava agora outro gesto ao seu teatro: além de cuspir em arco, coçava o saco ostensivamente. Ele era um pequeno ser sorridente e apodrecido. Ele era inteiro desagradável. Eu queria vê-lo morto e arreganhado. Eu não queria vê-lo. Eu não queria que ele existisse. Se eu morresse, pelo menos Isabela e Doroti sentiriam minha falta. Se Odair morresse, ninguém sentiria falta de nada. Ele era uma merda completa. Ele não servia nem para o Rude. Enquanto andávamos, eu respirava fundo e acumulava ódio. Era preciso acabar logo com ele e voltar ao cinema. A pergunta me escapou, ideia fixa:

— E o gravador, já vendeu?

— De novo, cara!? Você só pensa nisso!

— Você, que só pensa em dinheiro.

— Vou pensar em quê? Na boceta da minha tia?

E deu outra gargalhada, abrindo um embrulho de onde saiu uma garrafa de uísque vagabundo. Desrosqueou-a e deu um gole de faroeste, estalando os beiços. Odair trabalhava num filme de terceira classe. Até o gesto de limpar a boca na manga era falso.

— Pois estou pensando em nem vender, Juliano. Guardar de lembrança. Ainda ontem ouvi tua voz: *Aqui é Juliano Pavollini, no seu primeiro grande assalto!* Ah-ah! Bebe aí.

Peguei a garrafa.

— Eu disse isso?

— Está lá, gravado. Aquilo tem valor afetivo, cara. É verdade. Quando você ficar rico e começar a cagar em mim (é sempre assim, cara), eu tenho lá tua voz de lembrança dos bons tempos. Beba logo!

O uísque me queimou a goela.

— Cara, você tá tremendo! Tudo isso é medo? Que diferença de antigamente!

Sopesei a garrafa — vazia, ela mataria um homem? Um golpe só, limpo, na testa. Comecei a ficar terrivelmente transtornado. Passamos na frente do Guaíra, era noite de gala, pilhas de ternos e longos na calçada. Olhavam para os dois marginais bebendo na rua.

— Vamos sair da XV, Odair. É melhor que a gente não seja visto.

— Estou cagando pra eles — e botou a mão no saco, sempre rindo.

Alguém me reconheceria? Puxei Odair por uma transversal e subimos a Conselheiro Laurindo, mais escura. A casa ficava no Alto da Glória, disse ele, um gole atrás do outro. Esquisito: ele tentava se fazer diferente, mas era inútil, eu já via um cadáver. Meus dentes batiam. Os pedaços do meu plano continuavam tentando se juntar, eu teria de matá-lo logo para voltar ao filme. A burrice simplória do meu crime não deixava terreno para ponderações, invadia a cabeça inteira, as pernas, os braços, a respiração. *Antes preciso recuperar a fita,* mas não havia tempo para mais nada, como sempre. O espectro bêbado de Odair me parou na esquina. A garrafa estava na minha mão. Seria ali? Ele declarou, enrolando a língua:

— Não vou vender, porra! Também tenho sentimentos...

— e completou com uma risada de escárnio, a defesa envergonhada diante de qualquer coisa que não fosse digna de um homem macho. Agora me acusava, voltando à obsessão: — Mas você não tem sentimento, Juliano, você comeu e come tua própria tia. Porra. Um filho da puta desses merece respeito. É foda. Nem em Deus você acredita.

Nova risada estridente e continuamos a andar. Eu precisava ofendê-lo, falar a linguagem dele, avançar mais ainda naquela espiral satânica, botar lenha na minha purificação:

— Você é uma merda, Odair. Você vive falando mal das putas porque nunca comeu uma mulher. — Fui me enfurecendo, os frios agulhões da ofensa nos nervos: — Aposto que você nunca viu uma boceta na vida. Uma boceta molhadinha, salgada, gostosa. Já viu? Já meteu um pau babado numa boceta? Hein?

A bruxaria das palavras. Ele parou, num desconcerto frágil, criança inteira desmontada de espanto. Minhas batatas quentes — e o nojo — ainda faziam eco entre um e outro. Eu me sentia queimar, o desconforto do horror. Ele tentou cicatrizar-se, balbuciando, menor ainda do que já era, lutando em busca do prumo:

— Qual é, cara? — Irritou-se, inconvincente: — Você pensa que eu sou viado, porra?!

Da Ubaldino, víamos as luzes de Curitiba. Perdido, sem assunto, ele apontava trêmulo para o nosso reino:

— O que eu quero é foder essa cidade inteira.

Olhei nosso império. Meu mundo começava ali, no Alto da Glória, e terminava nos limites do Seminário. O único mundo de uma vida inteira. Era muito pouco espaço para um homem se mover. Eu queria minha colina verde. Mas eu já estava inapelavelmente estragado; a inexplicável humilhação de Odair levava junto alguns últimos tocos da minha inocência; eu ia matar aquele pequeno calhorda destroçado que não tinha mais nada para se mirar. Meia dúzia de palavras, um pouco de convicção, e ele rolava de novo escada abaixo, e custava a erguer-se. Deu outro gole, cuspiu longe, coçou o saco e gargalhou:

— Eu quero que você se foda, Juliano. Você, tua tia, tuas putas. Estou cagando. Você é um guri mimado de merda. Bebe aí e vamos embora, porra.

Uma segurança incerta, que pedia paz, e eu aceitei a trégua. Avançamos mais uma quadra em silêncio naquele roteiro obtuso, naquela noite sinistra. Ele estava *magoado,* o que era surpreendente, e me desnorteou. Talvez eu devesse pedir desculpas; talvez eu devesse mostrar o ingresso do cinema e confessar meu desejo de matá-lo: talvez eu devesse pedir a fita de volta e pronto, iríamos eu para Doroti, ele para o quinto dos infernos. Mas não fiz nada, cambaleava trêmulo buscando os fiapos do meu ódio, que de repente renasceu com outro tapa violento nas costas, e a risada:

— Você pensa que é muito macho, Juliano. — Imitou minha voz rachada: — *Aqui é Juliano Pavollini...* ah-ah-ah! — Segurou meu ombro, quase feroz: — Se não fosse *eu, eu,* você já tinha tomado na bunda há muito tempo.

Continuamos. Matar Odair. Esmigalhar essa cabeça podre e lavar as mãos. Aquele fantasma levaria minha voz para a eternidade. Eu sentia as pontadas no corpo inteiro. Insidiosa, a gosma da impotência me tomava, a sombra de um outro fracasso. Alguém mata alguém? Eram verdadeiros os crimes dos jornais? As barrigas furadas, as cabeças partidas, os estrangulamentos, os venenos na comida, os empurrões no abismo? Eu me arrastava, joelhos moles. Odair voltou-se:

— Vamos, cara! Parece mulherzinha.

Uma criança. Chegou mais perto, me conferiu à luz do poste e desandou a rir:

— Já te disseram que você é feio pra caralho? Porra, Juliano, você tinha que cortar essas orelhas.

Uma vingança muito mais sutil que a minha, e doeu fundo. Eu tinha esquecido o boné. Mas eu estava aterrorizado demais para pensar, uma náusea completa.

— Foda-se. Onde é a casa?

— Ali — e ele apontou. A garrafa estava na minha mão, e não havia ninguém em Curitiba inteira. Acertar a nuca, mas o braço não se moveu.

— Tem uma luz acesa.

— Tem. Faz três dias. Venha.

E me puxou. Talvez ele quisesse me matar — *ele* podia fazer isso. Talvez ele *devesse* me matar. Fui atrás, sem largar a garrafa. As pernas não me obedeciam, uma batendo na outra. A garganta doída. Cãibra nos dedos. Um filme louco e desagradável. Odair parecia seguro, mais seguro que o normal:

— Por trás.

Chegamos ao fundo, um pequeno espaço em sombras, e ele foi direto à porta. Tropecei num lenho atravessado, pensei em substituir a garrafa pelo toco; cheguei a alisar a madeira, senti-la na palma da mão, mais para ganhar tempo, vencer a tontura e a tortura: eu jamais mataria um homem. Eu largaria tudo aquilo — um segundo de tranquila clareza —, daria as costas a Odair e voltaria para a minha colina verde. Agachado na escuridão, vi o vulto de Odair abrindo a porta com um leve tranco, acender a luz e avançar, como quem está em casa. Súbito, um grito — e um, dois, três tiros. Dei um salto fantasmagórico nas trevas, voei por sobre o muro dos fundos, corri através de um outro quintal, outro muro, e estava em outra rua, como quem desembarca em Marte. Avancei rapidamente, dobrei uma esquina, depois outra, e pouco a pouco, já devagar, pressentindo segurança, fui afrouxando o passo, num começo de alívio. Em alguns minutos eu já descia a João Gualberto, de repente mal controlando meu riso, que foi se transformando numa deliciosa e trêmula gargalhada. Aquele filho da puta estava morto e eu não tinha nada a ver com isso!

Os ponteiros do relógio avançavam à perfeição: se eu me apressasse, ainda haveria tempo de pegar a saída do cinema. Quem sabe depois eu fosse à casa de Doroti, batesse na sua janela para dar a grande notícia: estamos livres, meu amor! Quando o calor do corpo esfriou, já chegando à Tiradentes, senti a torção do pé, as agulhadas da dor — gemendo e sorrindo, forcei o passo e o nervo, o apoio faltando em pontadas, mas fui em frente, delirante, invencível.

Havia uma pequena multidão saindo do cinema; misturei-me com as pessoas, aflito, avaliando cada olhar em minha direção — desconfiariam do meu suor? Súbito, a bilheteira:

— Gostou do filme?

— Muito bom! — e sorri. E me afastei, não de medo propriamente, mas pelo delírio que ao acaso ia encaixando as peças da minha salvação. Era um Juliano idiota e feliz que, rindo sozinho, incontrolado, avançava mancando de volta ao sótão. O mito da invencibilidade do meu destino inerte — bastava esperar que a perfeição acontecia — era tal que nenhuma suspeita conseguia me tomar. O fato de que Odair poderia estar vivo, ou agonizante, confessar o meu nome, o fato de que a fita estaria em algum lugar, pronta a me denunciar de voz viva, a possibilidade de eu ter sido visto na escuridão, as mil testemunhas do nosso caminho, tudo isso eram apenas chispas perdidas de um sonho mau — *nada* sobrevivia na minha cabeça que não fosse a certeza da minha colina verde.

Ao subir as escadas do meu castelo, como o justiceiro negro que se oculta após uma noite de batalhas com os soldados do reino atrás de si, ainda me ocorreu um último lance para fechar de vez a perfeição do meu álibi. Passei pelo corredor em frente ao salão cheio, rangendo os dentes e disfarçando a dor e o passo, e me apressei para simular o acidente. Nos primeiros degraus da escada circular escorreguei com tanta convicção que quase quebrei o braço na queda — e o urro de dor foi legítimo. No mesmo instante vi Isabela se agachar ao meu lado:

— Amorzinho... que foi?

Odiei o diminutivo na frente de todos, aquele amor ridículo se escancarando ao mundo, mas gemi de verdade:

— Torci o pé...

A fera ordenou:

— Gelo! Tragam gelo, depressa!

E lá se foram as meninas espavoridas, provavelmente cochichando escárnios ao protegidinho da Rainha. Ela tirou meu sapato e meia, ergueu a bainha, e mordeu o lábio, sofrendo comigo:

— Ai, Juliano, como inchou rápido... — E fez um gesto irritado: — É essa escada horrível dessa casa! — Testou delicadamente a articulação: — Dói?

— Ai!

— Tadinho. Eu te ajudo a subir. Segure aqui. — Para as escravas, ríspida: — Tragam o gelo pra cima!

No sótão, me arrastei até o espelho, alheado. Ela se preocupou:

— Machucou a cabeça também?

Fingi um galo acima da orelha de abano, mas o que eu queria mesmo era conferir minha feiura. O pé destroçado, o braço doendo, e agora o rosto, o desvario do meu rosto. Eu era um Dorian Gray ao contrário: meu corpo envelhecia e envilecia, toda a minha aparência se desmanchava, camada sobre camada, mas a alma, esta prosseguia intacta, cristalina como

Doroti. Na cama, Isabela tirava minha roupa com os cuidados de enfermeira. Eu gostei daquilo, sustentava meu transe — eu não queria voltar à vida, que nunca mais seria a mesma: Odair estava morto. A mão na testa:

— Você está com febre, meu querido.

— Foi aquele filme de terror.

Me arrependi: se ela perguntasse detalhes? Mas não:

— Olhe para cima.

— Dossel novo!

— Eu mesma fiz, hoje à tarde. Gostou?

— Bonito.

O gelo aliviava, fechei os olhos. Dormi. Eu estava montado num cavalo negro, em noite de lua cheia, a capa esvoaçante. Eu estava com bafo de cachaça e tinha as roupas sujas e rasgadas pelo mato, mas não me importei; continuei atravessando a galope minha colina fosforescente.

Na cópia que preparei para entregar à Clara, extirpei todos os palavrões, os cabeludos. É complicado escrevê-los: a alma queima. Aquela coisa nojenta queimaria Clara também, e um fosso difícil estaria aberto. Eles tinham sentido naquela noite, naquele exato instante; hoje, não têm mais, são fósseis, era o que pensei. Mas ao reler o texto, não gostei do resultado. Cada palavra tem seu feitiço; se trocamos uma pela outra, a bruxaria desanda. Deixei aquele Juliano intacto, finalmente — mas só o entreguei na despedida, que ela lesse longe de mim, e mesmo com esse cuidado senti uma vergonha funda, que me alfinetou por uma semana. Um homem não deveria se expor assim. É que eu já não sou, de fato, *coisa alguma*. Não vai comiseração aí, mas uma espécie tranquila de alívio. Talvez Clara compreenda.

Houve uma visita extra, uma semana depois. Clara quer saber do outro dia. No outro dia resolvi ficar doente, mas ainda não estava pronto, expliquei, mostrando meus rascunhos. Ela se foi e eu fiquei com febre na cama, sob o novo dossel, o pé inchado, dores musculares, tendo visões agoniadas. A qualquer momento arrombariam a porta, enfiariam uma bola de ferro nos meus pés, me jogariam num camburão e nunca mais ouviriam falar de Juliano Pavollini. Senti coceiras fortíssimas de me confessar a Isabela, mas conservei o silêncio, lado a lado com o pesadelo. Noutro instante, planejei falar de Doroti à

Rainha, pedir permissão para minha independência, meu novo mundo e minha nova vida. Mais uma vez, silêncio. Abracei-me suavemente com a inércia e fechei os olhos. O tempo é o melhor remédio, meu pai dizia, mas ele já não tinha rosto, estava muito longe agora. Às vezes, raciocinava: o assalto fora uma armadilha, tudo planejado para nos matar. Ou: o objetivo era apagar Odair, o arquivo precoce. Ele estava morto, e eu, livre. Era a melhor conclusão de todas. Eu tentava segurá-la, mas ela fugia. Acontecera um acidente, Odair estava morto e ninguém sabia de mim — mas poderiam descobrir. Ou: Odair não morreu, confessou tudo, entregou o gravador, os planos satânicos para eliminar o dr. Melo, nossos assaltos avulsos, e em seguida o pontapé na porta do sótão, Rude à frente descarregando o revólver. Perdão, Doroti. Ou ainda: o próprio Odair deu os tiros para me assustar — quem sabe assim eu acreditasse em Deus. *Talvez ele próprio, ou o fantasma, abrisse a porta do sótão com a gargalhada diabólica: se assustou, cara?* (Mas a voz que eu ouvi, ou o grito, não era dele.) Ou: Odair entrando algemado no sótão, escoltado por cinco detetives. É ele? Sim, é esse aí. Juliano Pavollini. O cabeça.

Entretanto, não aconteceu nada. À noite, a certeza da minha invencibilidade era tanta que tive paz para beber uma cerveja (*Olha a febre, Juliano!*) e fazer um amor convencional (e dolorido) com minha Rainha protetora. Em questão de alguns meses eu me despediria dela, eternamente agradecido, para levar minha própria vida ao lado de Doroti. Isabela choraria, eu sei, mas teria a grandeza de me compreender. Seríamos amigos, ainda que Doroti, às vezes, tivesse crises de ciúme. Eu até podia ver Isabela nos visitando, trazendo um chocalho para nosso filho recém-nascido e ensinando receitas para minha mulher.

No segundo dia, os fantasmas já não eram tantos. Tudo se resolve. Aflito por notícias, pedi que Isabela me comprasse a *Tri-*

*buna* para distrair, simulando dores terríveis no pé ainda inchado. Assim, eu me senti Rock Hudson na minha cama de príncipe, quando Doris Day entrou trazendo a bandeja inoxidável com o misto quente, a laranjada, o café com leite, o melão e ainda o jornal dobrado. Só um grande homem seria tratado assim. Feio, mas grande, coisa que o finado Odair jamais compreenderia queimando no inferno. O coração acelerou logo à primeira página: BALEADO ASSALTANTE DE CASAS. Pág. 9. Página nove, devagar, Juliano, que Isabela desconfia. Dei um gole estratégico de café, que pingou na colcha, e pedi um cigarro. Ela acendeu dois de uma vez e me passou um deles com a mancha de batom.

— Melhorzinho, meu amor?

— Huhum. Ah, tem filme do Mazzaropi no Arlequim.

— Adoro Mazzaropi. Vamos ver?

— Porra!

— Que foi!?

— Odair. — Um profissional, seja lá o que ele faça, é aquele ser capaz de administrar o próprio medo. Indiferença com uma pontinha de lamento.

— Que tem ele?

— Levou três tiros de um vigia, num assalto, numa casa do Alto da Glória. Um na cabeça.

— Morreu?!

— Não, ainda. Inconsciente no Hospital Cajuru. Coitado. Mordi o lábio. Você está sofrendo.

— Bem feito. Que morra, aquele vagabundo. Um capacho de levar recado.

— Era meu amigo.

Isabela parou, surpresa; me deu um beijo, passou a mão nos meus cabelos.

— Desculpe, Juliano. Mas é verdade que ele não era companhia pra você. Sempre te disse. Viu como eu estava certa?

Dobrei o jornal, uma tragada funda, pensativo. Eu estava com os olhos molhados. Isabela consolava:

— Ele ia acabar assim, Juliano. Ainda bem que você não andava mais com ele. E ainda bem que o Rude sumiu daqui. O bom é que uma marquise caísse na cabeça dele, pra ficar o serviço completo. Nosso negócio cresceu, Juliano, a vida agora é outra. Não vai comer o melão?

— Perdi a fome.

*Inconsciente.* Eu não gostei daquilo. *Aquele filho da puta vai sobreviver.* Vigia idiota, podia ter esperado ele chegar mais perto. Devia estar mais apavorado que Odair, assim, no clarão da luz. Evidente que não me viu. *Poderia ser eu o morto.* Mas Odair sempre fez questão de entrar na frente, o fominha. Fodeu-se. Se não fosse o vigia, seria eu, com o lenho na mão? Esmagar um crânio. Não é coisa que se faça. Nem com um ladrão insignificante como Odair, um necrológio discreto de um parágrafo e nada mais. Bem, havia crimes mais vistosos no dia: um débil mental estuprou uma menina no Bacacheri; uma briga de facas, na praça Osório, com duas mortes. A bruxa solta em Curitiba. Investigariam as pegadas no quintal, as impressões digitais na garrafa de uísque — gelo na espinha —, as marcas de fuga? Claro que não. Na dúvida, era melhor reforçar meu álibi. Minha palavra contra a dele. Era bom me erguer dali e já à tarde assistir de novo ao filme que não havia visto. Henry Fonda, no tribunal do júri, livraria meu destino. Isabela, de um lado, e Doroti, de outro, aguardariam o veredicto. Inocente. Choraríamos todos, abraçados. Acordei:

— Você casaria comigo, Juliano?

Ela segurava minha mão.

— Casar?!

— Sim. Nem que fosse no fim da vida. Uma coisa simples, Juliano. Nós dois, no altar.

Isabela, a Rainha Louca.

— É claro, Belinha. Quem não casaria com você?

Ela cochichou:

— Adoro quando você me chama de Belinha. — Beijou-me, demorada. — Meu querido. Agora durma um pouquinho.

Levantei depois do almoço vivendo um novo surto agudo de ansiedade. *Estou estragado,* era o que eu sentia; deformado, corrompido. Um profissional em mim mesmo, um simulacro de meus próprios sonhos. Tentei ler alguma coisa, voltar à perfeição, mas ali estava a risada de Odair, o casamento de Isabela, a fotografia de Doroti, tudo pela metade. Talvez escrever um poema, normalizar meu cotidiano. Impossível. Talvez fosse assim a vida adulta, súbita na minha cara. Odair coçando o saco, chutando latas, cuspindo longe. Eu gostava dele. Queria matá-lo, mas gostava dele. Encontrar algum coleguinha de escola em férias, contar vantagem. Beber com Rude. Aulas de tiro. Quem sabe eu ainda chegasse a ser um bom policial? Como estariam minha mãe, minhas irmãs? Doroti, quero ver Doroti. Mas eu não posso ainda saber onde ela mora. Só uma vez fui convidado em Curitiba, o aniversário de um colega, um judeu rico. Gente muito rica e muito simpática. Interessaram-se por mim, o velhusco da turma, meio metro mais alto que os outros. Toda a gurizada bebendo Crush, uma festinha animada. Eu moro com minha tia. Por ali, perto da Santos Andrade. É, sou órfão. Acho que perceberam tudo. Uma puta casa. Daquelas, nunca entramos. Dobermans, guarita, três carrões na garagem. Eu estava sem boné, as orelhas abanando. Faltava muito para eu me transformar num ser civilizado. Bruto, acuado, gnomo de um sótão.

Saí mancando pela cidade para ver de novo meu filme. De repente: esqueci o ingresso amarrotado no bolso da calça. Voltei aflito, vasculhei o cesto de roupa suja, quem sabe dona

Deia descobrisse que eu não vi filme algum? Em um segundo, desmoronado. Ninguém consegue viver diariamente atordoado de pânicos — e de alívios, lá estava o papelzinho. A assombração nas minhas costas:

— Está pensando que sou ladrona? Quando tem dinheiro no bolso eu guardo aqui na gaveta.

— Que é isso, dona Deia.

Coração, coração, coração batendo. Saí de mansinho, mastiguei o ingresso, cuspi num bueiro. No Ritz, outro pânico: já era um faroeste. Entrei assim mesmo, sessão das duas, sorriso da bilheteira. Encontrar Doroti. Só no outro dia, na biblioteca. Planejar minha vida, doravante. Iria para o segundo científico, me prepararia para o vestibular de Direito, seria advogado no escritório do dr. Melo. Nós dois desmontaríamos a rede de corrupção da polícia. O casamento com Doroti. Nossa lua de mel. Nos finais de semana, grandes churrascadas no quintal, uma alegria limpa, sem passado. Depois do filme — bandidos se matando entre pedras, no deserto —, comprei de má vontade a *Tribuna*: nada. O ladrão de galinhas saía do noticiário e possivelmente ia para o fundo da terra. Talvez fosse o caso de eu visitá-lo no Cajuru, na pior das hipóteses para discretamente lhe arrancar os tubos que mantinham viva a memória. Ou ir jogar sinuca no bar do velho dele, ouvidos atentos: saberiam alguma coisa. Arrepio: nunca. Não reativar nenhum laço, não cutucar a desconfiança de ninguém. Eu? Há muitos meses não sei de Odair. Morreu? Não me diga! Que barbaridade. Não falar nada que não fosse perguntado. E, principalmente, fugir de Rude. Perfeito. Arrastava meu pé torto como quem carrega um troféu. A torção? Na escada do sótão, aquela desgraça. Ainda bem que minha tia botou gelo na hora. À noite, bebi um pouco, consegui ler algumas páginas pensando só no que lia — *Olhai os lírios do campo* — e dormi tranquilo.

Acordei um vencedor. Fiquei na cama até as onze, deliciando-me com minhas glórias modestas, e fui encontrar Doroti na saída da Biblioteca. Ao me ver mancando e ao saber do tombo — eu já começava a gostar do meu aleijão —, ela fez exatamente a mesma expressão de Isabela:

— Ui, tadinho... tem que pôr gelo, Juliano. Você não devia sair andando por aí!

— A saudade apertou, Doroti.

Ela gostou, eu também.

— Então ande mais devagar. Parece que vai tirar o pai da forca! Vamos sentar na praça, estava sentindo tua falta.

Ficamos ao sol num banco da Tiradentes, mãos entrelaçadas. Havia um colorido especial nas ruas, um ano morrendo, outro nascendo. Comigo era melhor ainda: uma vida nascendo, chegando suavemente às minhas mãos, novíssima, revisada. Que coisa boa era namorar Doroti! Escrevo cultivando-a ainda mais, mesmo correndo o risco de irritar discretamente minha psicóloga. Bem, na versão dela serei mais seco, podarei os excessos, como convém a um presidiário. Doroti ajeitou a gola da minha camisa:

— Tenho uma notícia ruim para te dar. Amanhã minha família desce para a praia, e eu vou junto.

Fiquei triste, enciumado, perdido.

— E quando você volta?

Ela relutou, baixou a cabeça.

— Só em fevereiro.

Fiquei muito triste. Respirei fundo. Vazio. O eixo da minha segurança era Doroti por perto. De repente uma estranha: um mês era tempo demais. Ela conheceria outras pessoas, seria cortejada, me esqueceria. Doroti tentava me consolar:

— Não fique assim, Juliano. Vou te escrever todos os dias. Mas preciso do seu endereço. — Tirou um bloquinho da bolsa. — Você acredita que até hoje não sei onde você mora?

Novo pânico, eu já estava no limite dos meus nervos. Disfarcei sentindo dor no pé, uma careta horrível.

— Ai, Juliano, cuidado! Estique as pernas, assim... Melhorou?

— Esse troço dói!

— Passe na farmácia, compre uma pomada. Sempre melhora um pouco. Quer que eu dê um pulo ali na esquina?

— Não precisa. Já passei, não adianta nada. — Eu não podia ficar o resto da vida gemendo. — Passou. Foi um mau jeito.

— Então escreva o endereço — e me estendeu o bloco e a caneta.

— Pois era isso que eu queria te dizer, Doroti. Não passa correio lá em casa.

Ela botou as mãos na cintura:

— Juliano!? Conta outra que essa não cola! Já estou começando a ficar desconfiada desse mistério todo!

Sorri amarelo, um desastre. Aquela viagem súbita me desarmou, sem tempo de preparo. Ela desconfiava, *de fato*.

— Está bem, eu confesso. É minha tia, já te falei da velha bruxa. — Eu via o rosto de dona Deia. — Ela fica na porta esperando o carteiro e abre tudo que vem para mim. Eu já desisti. Era sobre isso que eu queria falar com você, foi bom você tocar no assunto. — Agora eu acertava o rumo, convincente, porque verdadeiro. — Eu quero sair de lá, quero arrumar um emprego, quero morar sozinho, fazer vestibular, levar minha própria vida, Doroti. Eu não aguento mais, me dá vergonha. Acredite em mim, você... você é minha única companhia...

Ela intrigava-se, olhava nos meus olhos, séria. Senti medo. Faltava tão pouco!

— Juliano, quero que você me diga uma coisa. Sinceramente. Olhe bem para mim.

Olhei, já só com os braços para fora d'água.

— Você é casado?

— Casado!? Que ideia é essa, Doroti! Não tenho nem dezoito anos! De onde você tirou isso?

Ela riu, divertindo-se com o absurdo:

— Da minha mãe. Eu falei de você. Quer dizer, disse que estava flertando um rapaz. E ela, toda apavorada: "Olha lá, guria! Não vá me namorar homem casado, era só o que faltava!"

Rimos demoradamente, uma delícia. Doroti era compreensiva:

— Mas minha mãe é assim mesmo, do jeito antigo.

— A minha também era, do que me lembro. Tenho saudade.

Doroti me deu um beijo no rosto, carinhosa. As esferas se reorganizavam, alívio.

— Bem, pra falar a verdade eu também andava com a pulga atrás da orelha. Mas sabe que no fundo eu gosto dos teus mistérios? Esse teu jeitão, assim, de gente grande, me deixa segura.

— Encostou-se em mim, o filme era suavemente melancólico.

— Ai, Juliano, vou sentir tanto tua falta... Vou levar teus poemas, todo dia leio um pouco. Queria poder te escrever.

— Escreva e me entregue na volta. É melhor, Doroti. É mais seguro, até os dezoito anos a bruxa manda em mim.

— Está bem, meu Juliano. Você ganhou. Mas aposto que você vai passar o mês namorando as outras.

— Que outras, Doroti! Só tenho você, só penso em você. E falta pouco para a minha maioridade. Ah, nem vejo a hora! Vou estudar advocacia, Doroti, já decidi. E preciso arranjar um emprego o quanto antes. Num escritório, qualquer coisa que me permita o sustento. — Cochichei, de súbito: — E nos casamos.

Ela arrepiou-se, aconchegada em mim: espanto, e uma vergonha feliz. Mexia nos meus botões, pensativa. Sem me olhar:

— Não brinque, Juliano.

Beijei Doroti.

— Não estou brincando.

— Isso você diz agora.

— E você não acredita?

Ela não respondeu, coração batendo. Eu não via a praça; eu via a colina verde. Ela desabotoava e abotoava o mesmo botão da minha camisa. Será que ela me achava bonito? Mas isto eu jamais perguntaria. Talvez no futuro, já casados, depois de uma bela noite de amor. Sem erguer a cabeça:

— Você sabe datilografia, Juliano?

Bendita Isabela!

— Sei. E bem rápido.

— É que às vezes meu pai precisa de um auxiliar de escritório. Já que você quer ser advogado... Não te prometo nada, mas vou dar uma sondada. Na volta te falo, tá?

Fui levar Doroti em casa, noivos de mãos dadas, cochichando bobagens felizes. Descemos do ônibus. Uma quadra antes da minha paisagem familiar, ela não me deixou ir adiante:

— Volte daqui, Juliano.

Eu queria beijá-la; ela também não deixou.

— Psss... meu amor. Olha os vizinhos. Todo mundo me conhece.

Trocamos os pés de apoio, um olhando para o outro, sorrindo. Então ela se ergueu na ponta dos pés, me deu um beijo rápido e foi para casa. Num momento, Doroti se virou, acenou, e deu uma corridinha faceira até o portão. É ridículo, mas fiquei comovido. Só um homem estragado, como eu, pode reconhecer a inocência quando a vê.

Fim

Janeiro voou — ou melhor, eu voei através dele com as asas abertas brilhando de sol. Houve apenas uma queda, lá pelo final do mês, mas foi curta. Encontrei Rude na praça; tentei desviar, mas a sua manopla gorda me puxou:

— Com pressa, menino?

Balbuciei um cumprimento, morto de medo. Rude foi a assombração mais eficiente da minha vida. Ele ficou apertando meu braço, talvez pensando no que dizer para me desgraçar, mas ele era lento de raciocínio, e, susto por susto, bastava sustentar aquele sorriso duplo já decadente e por isso mais perigoso.

— Como vai a titia, a madame?

O monstro amava Isabela — e o poço transbordava todos os ressentimentos que conseguiu acumular na vida. Achei por bem lhe completar a miséria, sorrindo:

— Ela está ótima.

Rude não gostou de saber. Aproximou a cabeça — senti o seu bafo de enxofre — e cochichou, esmagando meu braço:

— A próxima é ela.

E me largou; melhor dizendo, me arremessou, como quem solta um pombo para o tiro. A sombra, e o seu desfile de fantasmas, me perseguiu até o dia seguinte, tentando decifrar os avisos. *Próxima?* Odair tinha sido o primeiro? Ele estava morto? Iriam matar Isabela? Enveredei-me em hipóteses, e bastava um começo para o delírio construir o resto. Mas a cada vertente de desgraças eu construía de imediato a contrapartida da salvação. Em qualquer caso, o fim era um só: eu, Doroti, a colina verde, a churrascada no quintal. Que eles se matassem. Era até melhor. O meu destino, o meu grande destino, tinha esse dom: andar pelas labaredas como um santo intangível. Nada sobrava em volta; só eu. Eu via o Castelo pegando fogo, ouvia o grito dos mortos, e Juliano se afastando vagarosamente para seu encontro sagrado, a câmara filmando do alto, só eu lá, no meio da praça, cabisbaixo e feliz, enquanto as luzes do cinema se acendem, uma a uma. Ao final, minha silhueta no ponto de ônibus da Tiradentes, à espera da amada. Antes que a plateia esvaziasse, ainda haveria tempo para fumar um último cigarro.

Clara quer saber se eu avisei Isabela do perigo iminente. Ela aguarda minha resposta com ansiedade, e é com espanto que eu descubro agora a gravidade dessa memória. *Não sou eu,* tento explicar previamente; não sou eu aquele Juliano, não serei nunca mais aquele menino. Ele está morto para todo o sempre; ninguém é o guarda-roupa de seus próprios ossos, compreenda, minha Clara. Não há Deus algum, estou convencido, e mesmo se houvesse ele não nos condenaria tão brutalmente a carregar nossa sombra intocada, a sombra aleatória de algum momento escolhido ao acaso entre o nascimento e a morte. Quem, olhando para trás, diria: eu sou *aquele ali?*

Tudo para poder dizer, claramente: eu não avisei Isabela. O fato é esse, cristalino. Aquele Juliano pensou em tudo, confusa e delirantemente, como sempre, e ficou quieto. Mais que isso: esqueceu. Havia um espetáculo muito maior acontecendo, o espetáculo fulgurante do seu futuro e da sua miragem, tão desgraçadamente miúdo visto daqui, tão insuportavelmente mesquinho, visto de longe, assim, da cadeia, que a Rainha poderia viver seu destino por conta própria. Isabela — eu imaginei então — não precisava de mim; ela não precisava de um pinguim de porcelana. Uma rainha precisa de súditos, eu pensei, mas não deste ou daquele em particular. O mundo da nobreza é outra esfera. Eu nunca tive acesso a ele — o que eu queria, de posse do meu diploma, era arrumar um bom cabide de emprego para sobreviver sem riscos. Ou, melhor ainda, ver o meu nome estampado numa placa da rua XV: *Melo & Pavollini — Advocacia.* Que aquele caldeirão de prostitutas, gigolôs, ladrões e policiais corruptos ardesse no quinto dos infernos, com a bênção de dona Deia. Eu nem olharia para trás. O que eu queria era escrever os meus poemas para Doroti. Quem esperasse outra coisa queria literatura, não um homem — mas não direi isso a Clara.

A vistosa placa da rua XV começava a se materializar. Em fevereiro, Doroti acenou-me com grandes esperanças; que eu providenciasse carteira de trabalho, que ela estava costurando o resto, questão de um ou dois meses. Logo eu teria uma entrevista exclusiva com o dr. Melo, o escritório passava por uma grande reformulação. Enquanto isso, íamos ao cinema e ao Passeio Público e fazíamos planos. De resto, não acontecia nada — nunca mais soube de Odair e de Rude, e não me lembro de coisa alguma em especial, além do recomeço das aulas. Passei a estudar com mais ferocidade ainda, e Isabela parecia demasiadamente ocupada com suas mansões e suas limusines para me dar muita atenção. Viajou a São Paulo, ao interior, ao Sul, desembarcando com uma frota renovada de meninas, arrendou um pequeno hotel no Novo Mundo, a primeira filial, que uma vez fui visitar, indiferente. Aquilo era um negócio *sujo*, me surpreendi concluindo, lembrando, não sei por quê, de Elias, que às vezes esbarrava em mim sem me ver. Havia pequenos lapsos de terror — quem sabe Elias trabalhasse para o dr. Melo? —, mas eram curtos. Enquanto isso, Isabela queria que eu estudasse contabilidade, nem que fosse por correspondência, com a minha cabeça privilegiada, aprenderia aquilo num instante, dizia perdida com os livros.

— É você agora que vai cuidar do meu dinheiro.

Eu não queria; propus que pagasse um contador, e ela sorriu da minha ingenuidade:

— Você pensa que isso é uma lojinha de sorvete? Meu santo menino.

Não tocou mais no assunto; nem eu tampouco. Felizmente ela estava preocupada demais com os negócios para me dar maior atenção. Uma vez ou outra subia ao sótão, para exercer o amor e a vigilância, e eu respondia de acordo, esperando a mágica do meu aniversário.

Pois giravam todas as esferas para a sina de mais um dia dos meus anos: com dezoito deles, contadinhos, a cabala se completaria e eu diria adeus. Já conferia os preços das pensões, dos quartos para rapazes, das repúblicas — enquanto aguardava a audiência com o pai de Doroti, que colocaria o primeiro carimbo na minha carteira de trabalho. Pouco a pouco, restava um único espectro entre mim e minha felicidade: a própria Isabela, mas era pensar nisso e todas as soluções apareciam instantâneas e sorridentes. Ela sempre quis o melhor para mim. Talvez não exatamente... eu quase suspeitava, mas a desconfiança não ia adiante. Era simples: aos dezoito anos, temos que levar nossa própria vida. Se não me engano, ela mesma me dizia isso, já orgulhosa da minha maioridade. Poderia vê-la, senti-la me beijando pela última vez: Adeus Juliano, seja feliz. Uma lágrima escorrendo, mas uma lágrima de amiga.

Clara sorri, provavelmente da minha estupidez, mas eu juro que era assim.

— Acredito, Juliano. Continue.

Meu horóscopo é fechado. Aos dezesseis anos fugi de casa; aos dezessete, perdi a virgindade. Aos dezoito, todos me olhavam na rua como se olha um homem adulto. O chavão se repetia: eu estava de banho tomado e com a minha melhor roupa. Às dez e meia, depois de ganhar mais um terno completo de Isabela — eu preferia que ela não me desse presente algum, a despedida seria mais fácil —, fui lépido e faceiro para meu encontro com o dr. Melo, o endereço no bolso. Era logo ali, na rua XV, num velho terceiro andar, e eu cheguei cedo demais. Dei uma volta na quadra, tomei um cafezinho, pensei na vida, na grande vida, e voltei lá, subindo rápido as escadas. Esperei sentado num sofá negro, diante de uma secretária simpática que catava milho numa velha máquina de escrever.

— Não repare a bagunça — explicou ela. — O escritório está em reforma.

Logo subiram dois carregadores, bufando, com uma mesa enorme, que exigia ginástica e ângulos para entrar na sala principal. E apareceu um homem careca, dando instruções:

— Por aqui. Cuidado com a porta.

Era o dr. Melo. A secretária tentou me apresentar, mas ele estava muito ocupado com a mesa: "Ponham ali no fundo!" — até que se voltou para perguntar:

— O arquivo não veio ainda?

— Ainda não, dr. Melo.

— Já devia estar aqui desde ontem. Com esse pessoal, vou te dizer! Telefone e dê uma bronca, eu preciso pra hoje!

— Sim senhor. — Ele já ia entrando. — Dr. Melo, esse menino...

Ele se voltou, me olhou sem entender, até que botou a mão na testa:

— Ah, o... como é o teu nome mesmo?

— Juliano Pavollini.

Apertou minha mão como um estivador:

— Tudo bem? Minha filha falou de você. Lá do Colégio Estadual, não é?

— É, eu...

— Você tem as tardes livres, não é assim?

— É, eu...

— Você pode começar amanhã? Hoje isso aqui está terrível. Você faz um mês como experiência, meio salário. Tudo bem?

— Muito obrigado, dr. Melo.

Ele esmagou de novo minha mão e voltou aos carregadores: "Cuidado com os vidros!" Me despedi da secretária, que parecia feliz com a nova aquisição do escritório, e desci as escadas aos pulos. Ao dobrar a esquina do meu velho castelo para enfrentar a Rainha, o assombro: dois carros da polícia diante do hotel, uma multidão de curiosos, e uma fila de meninas ainda em trajes de noite sendo arrastadas para os camburões, entre gritos de horror e ordens de um batalhão de tiras. Trânsito parado, ônibus e carros, crianças, fotógrafos, gritaria histérica, risadas, uma autêntica festa popular. Não me aproximei — fiquei na outra calçada, oculto na parede de espectadores sorridentes, aqui e ali alguém indignado com o escândalo. Passado o susto — eu seria preso também? —, comecei a sorrir: a polícia se antecipava e ela própria aplainava o terreno para mim. Em vez de incêndio, uma limpeza em regra; Curitiba modernizava-se, extirpava de seu coração a mancha orgulhosa do prostíbulo de Isabela, minha tia. Seria aquela a vingança de Rude? Tanto pior para ela, tanto melhor para mim. Isso facilitava as coisas. Além do mais — eu não desejava o mal de Isabela —, ela tinha sua filial no Novo Mundo, e a civilização demoraria a chegar lá. Mas eu, eu já estava em outra esfera, auxiliar de confiança do dr. Melo, noivo de Doroti, minha amada. A etapa de Isabela encerrava-se ali, com a espetacular cruzada moralizante da Secretaria de Segurança.

Resolvi cuidar rapidamente dos últimos detalhes da minha vida. Comi um sanduíche no Triângulo e aluguei um quarto de pensão na Saldanha Marinho, pagando um mês adiantado e prometendo trazer minha bagagem à noite. Desta vez a velha que me atendeu não exigia nada mais além do pagamento em dia, um alívio. Fiquei com medo de voltar ao Castelo da Rainha, imaginando uma tocaia de policiais à minha espera. Mas o que eles teriam contra mim? O gravador? O fantasma de Odair? Todos os crimes terríveis que eu nunca cheguei a cometer? A lista dos assaltos? Ridículo. Não poderiam me tocar. Eu poderia inclusive invocar a proteção do dr. Melo, meu patrão. Mas o medo persistia. Três horas depois voltei ao local, já limpo de curiosos, a porta fechada. Pensei — é verdade, pensei seriamente, há sempre um bico de grandeza à espreita do mais mesquinho dos seres —, pensei em ir ao Distrito, ao encontro de Isabela, oferecer minha ajuda modesta. Mas não fui, não fiz nada. Fiquei imóvel, no outro lado da rua, contemplando o Castelo abandonado. Três vezes pensei em entrar, três vezes desisti. Eu precisava recolher as minhas coisas. Mas eu tinha medo, meu único companheiro. Hoje, na paz da cadeia, tenho uma noção claríssima, e dolorosa, do grau de iniquidade que vivi naquela tarde, iniquidade e mesquinhez que eram de certo modo a marca da minha vida. Um indivíduo, digamos, *torpe*, para dizer o som exato. Clara não concorda, apresenta atenuantes, mas é gentileza, eu sei. E sei também que o fato iniludível — o horror da minha covardia, a estreiteza mecânica dos meus horizontes, o pasticho da minha colina verde —, tudo isso só é visível hoje, em paz. Mas o meu gesto, ou a ausência de um gesto que de algum modo lembrasse que eu pertencia à família humana, a essa abstração solidária que nos sustenta, está lá, sempre no outro lado da rua, à espera de uma melhor oportunidade.

Clara diz que eu não sou assim, ou, pelo menos, *não sou mais assim,* o que é menos uma afirmação e mais uma esperança. Também é minha esperança: recuso-me a ser os meus ossos, mesmo que eu não seja nada mais que eles. Não interessa o que eu sou; ninguém sabe o que é — o que interessa é o que eu quero ser: é isso, é sempre isso o que está vivo. E o que eu quero ser é o cavaleiro negro da minha colina fantástica.

Fui ao cinema e sorri para a bilheteira. Vi um filme pela metade e voltei de novo ao Castelo; eu tinha de resolvê-lo. Já era noite. Novamente, não entrei. Fui ao Stuart comer qualquer coisa, bebi uma fileira de chopes e comprei um bilhete de loteria. Encontrei na rua um colega do Estadual, que parecia feliz em me ver: eu tinha um misterioso prestígio na minha turma. Retornei ao Castelo. Desta vez sem pensar, abri a porta e vi a boca da escuridão. Fui subindo lentamente os degraus, para não ser ouvido. Quando cheguei no alto, avançando para a minha espiral, escutei:

— Juliano.

No fundo do salão em penumbra, estava minha Rainha, solitária, bêbada, soberana. Tremi de medo. Eu acabava de desembarcar do ônibus da minha infância. Havia uma torta de morangos sobre uma das mesas, que me arrepiou. Ela encheu um copo de uísque:

— Beba comigo, meu amor.

Olhei em volta:

— O que aconteceu?

— Querem acabar comigo, Juliano. Aquele filho da puta do Rude, entre outros. Mas não vão conseguir. — Estendeu o braço, me puxou. — Meu menino assustado. Sente aqui. Beba.

Obedeci, queimando. Estendi o bilhete de loteria:

— Comprei, final 18. Pra você.

Ela sorriu — e guardou o bilhete dobrado nos seios, o velho gesto. Eu não conseguia sustentar o olhar de Isabela: tinha grandeza, beleza e poder. Bêbada, era maior ainda. Por onde começar?

— Fiz uma torta de morangos pra você, Juliano. Dezoito aninhos. Meu menino faz tempo que não é mais menino. Por onde você andou? Estava te esperando.

Abri a boca para responder, mas ela não me deu tempo:

— Vamos nos mudar para o Novo Mundo. Acabou nosso hotel, Juliano. Tive que encher o rabo daquela putada de dinheiro. Filhos da puta. E mais uma ameaça de processo por aliciamento de menores.

— Eu?!

Uma gargalhada saborosa.

— Não, meu amor. Antes fosse. As meninas novas que eu trouxe. Até a velha Deia me abandonou. Velha vagabunda, comeu na minha mão a vida inteira. Que morra! Que se fodam todos! Vou vender o que resta deste palácio, Juliano. Dez anos sem pagar imposto, transferência irregular. De repente ficou todo mundo honesto nesta porra de cidade. Mas não quero morrer sem ver o Rude chafurdar na merda. Ah, vou ver sim! Beba, Juliano. Você ainda não me disse por onde andou.

Pigarreei, dei um gole fundo.

— Você não quer um pedaço de torta? Já experimentou o terno, Juliano? Se não ficou bom, eles trocam.

Dei outro gole.

— Vou comprar um carro, Juliano. O Novo Mundo é longe do Colégio. Você vai de carro. Eles estão pensando que nós vamos abaixar a crista. Putada. Você está tremendo, Juliano. Não tenha medo, já passou. Amanhã já estamos na casa nova.

Agora ou nunca.

— Era sobre isso que eu queria falar, Isabela.

— Sobre nosso quarto? Amanhã já está tudo pronto. Me beije, menino.

Ela estava pintada a rigor. Na meia-luz, brilhava a magnífica decadência da minha Rainha. Beijei-a, sem convicção. Em pouco tempo haveria outro séquito de súditos ajoelhados a sua volta. Ela não sentiria a minha falta. Isabela não precisava de ninguém.

— Não. É sobre mim. Fiz dezoito anos hoje, Belinha.

— Mas ainda não comeu do bolo.

Outro gole, primeiro eu, depois ela. Ela subitamente pressentiu o fim da inocência — o fim da inocência dela mesma. O silêncio. A respiração. Fale, Juliano. Mas não olhe para ela.

— Está na hora de eu cuidar da minha vida.

Ela encheu o copo mais uma vez, estendeu-o para mim. A respiração crescia.

— Eu... eu arranjei um emprego, Isabela. Vou trabalhar com um advogado.

Dei outro gole, estalei os lábios e fiquei olhando a mesa. Isabela não se movia. Sorri, trincado.

— É o dr. Melo, ali na rua XV. Você conhece?

Ela não respondeu. Devagar, acendeu um cigarro. As unhas longas, vermelhas, os dedos tremendo.

— Um grande advogado. Eu vou fazer advocacia, não sei se já tinha te falado.

Eu não conseguia erguer os olhos. O olhar é a forma mais instantânea de poder, mais diabolicamente fria. Em poucos segundos eu estava tão completamente reduzido a nada que não tinha mais o mínimo prumo a perder — restava-me o desespero da minha consciência de estar sendo, a cada palavra, mais abjeto ainda, enquanto se erguia, em outro ponto de mim mesmo, a pálida ideia de que era assim que as coisas tinham de acontecer, de uma vez por todas, e que uma vez cumprido meu terrível teatro e encerrada a minha iniciação, uma vez de volta à rua, um novo, completo, integral Juliano Pavollini nasceria de suas próprias ruínas. Adeus, Isabela.

— Então eu resolvi morar sozinho. Aluguei uma pensão na Saldanha Marinho. Uma velhinha simpática. E não é careira. Só tive que pagar um mês adiantado. Bem, também ela nem me conhece ainda...

Ri um pouquinho e me atrevi a erguer os olhos. Ela não achou graça. Quer dizer, não era mais minha Isabela que estava ali. Era uma fera sem respirar, a cabeça ligeiramente erguida, um gesto de estátua e de gelo. Não havia fúria, por enquanto, de modo que fui em frente, até mesmo satisfeito com meu desempenho, afinal tão indolor, apostando na aristocrática compreensão da minha extraordinária Rainha que não tardaria a me dar a bênção, e fui entrando de quatro nas cavernas do Inferno. Eu disse, conciliador, tolerante:

— Bem, é claro que a gente vai continuar se vendo de vez em quando. É que... é que eu queria te agradecer, Isabela, agradecer tudo que você fez por mim nesses dois anos e...

Clara se ergueu e gritou aflita:

— Jamais se fala isso a uma mulher, Juliano!

— A uma mulher, sim; mas Isabela era uma mãe, se você me entende, e para a mãe nós temos o direito de falar qualquer coisa. A mãe é a única pessoa realmente íntima que nós temos. Bem, havia outras esferas girando, mas naquela noite não estavam ali. Pelo menos comigo.

Envergonhada, Clara volta às anotações e ao rigor profissional. Eu jamais vou agradecer a Clara o que ela tem feito por mim, e não tem sido pouco. Só este mergulho demorado aos meus dezoito anos já vale por um renascimento, ainda que desta vez não haja colina alguma no horizonte. Não sobrou nada. Bastaria me erguer e voltar à rua — mas eu não conseguiria levar comigo o silêncio de Isabela. Sou um homem cordial, Clara, nem que a cordialidade tenha que ser arrancada à força. Tive a petulância de tocar a mão de Isabela — um gelo — sobre a mesa, numa carícia tosca:

— Devo muito a você, Isabela. — Era insuficiente; carreguei na entonação: — Muito *mesmo*.

Silêncio. Eu sorri minha gosma, cheio de teias na alma, um homem abjeto, pior que todos os piores vagabundos que alguma vez passaram pela vida de Isabela. Quem aquela puta pensava que era? Eu queria vê-la morta, vê-la *suprimida*, da vida e da memória. Eu desejei que os policiais tivessem matado Isabela com um tiro na testa. Por que só eu tinha a obrigação de compreendê-la? Por que *ela* não podia me compreender?

*Porque era sua mãe*, cochichou Clara tão baixinho que não sei mais se é a voz dela ou se é a minha própria. Em qualquer caso, recostei um resto de empáfia na minha cadeira e também empinei o queixo. Agora eu queria feri-la — *mas ainda era um pedido de paz.*

— É que eu estou noivo, Isabela. Doroti. Ela estuda no Colégio também. Ela é filha do dr. Melo. Ó a fotografia dela.

E mostrei a foto em preto e branco, meu amuleto. Isabela não olhou. Talvez se eu contasse a história desde o começo ela se comovesse, ela me perdoasse, ela chorasse, ela me beijasse. Mas não tive tempo.

— Saia.

Agora sim, descobri espantado que o vulcão espumava. Se eu saísse correndo porta afora estaria salvo, mas a paralisia me tomou. Minha cordialidade odeia confrontações — todas as arestas devem ser imediatamente aparadas, ou então me condeno a arrastar um aleijão pela vida.

— Isabela, eu...

Ela se ergueu, enorme, jogou a mesa para o lado como um monstro das cavernas e deu-me uma porrada tal que fui parar três metros adiante, a cabeça num pé da mesa, e logo em seguida uma cadeira voou me partindo em dois. Ela ia me matar, senti as unhas na minha garganta e o urro do fundo da memória: ela também se livrava de um pesadelo, mas começou a chorar antes do tempo enquanto tentava bater minha cabeça no assoalho, já sem força. Fui estrangulando Isabela como pude, mas não bastou vê-la inerte, a baba escorrendo. Era a minha vez de esmurrá-la, bater aquela cabeça dura na quina do balcão, trezentas vezes, e depois ainda quebrar a garrafa de uísque na testa e ficar com o gargalo na mão, enfurecido, acuado, esperando que Isabela se levantasse.

Ela estava morta, mas era como meu pai; a qualquer momento se levantaria para me dizer que eu não servia para nada, sequer para matá-la. Ali estava eu bufando, o grande Juliano Pavollini, o assassino de mim mesmo, com um gargalo à mão para espetar na barriga dos meus fantasmas. Não era um delírio; o que se seguiu foi puro cálculo — cheguei a rir, porque agora a perfeição atingia o seu limite. *Eu já estava na colina verde.* Haveria alguém no Castelo assombrado? Não, ninguém, descobri chutando a porta do palácio vazio, pronto a matar as testemunhas que encontrasse. A polícia matou Isabela, a cidade inteira sabia disso. No próprio quarto da Rainha, concluí, e não no sótão, meu espaço.

Ela era terrivelmente pesada. Fui arrastando seu corpo aos trancos até depositá-la em sua cama. Ela estava de olhos abertos. Eu não gostei daquilo. Não queria mais tocá-la. Cobri com um lençol. Antes eu vi: ela tinha o rosto envelhecido e branco, como quem, na morte, perde o encantamento e envelhece trinta anos em um segundo. Corri ao banheiro para vomitar, mas não tinha nada no estômago; só a ânsia querendo sair, mas não havia espaço, eu era estreito, pequeno demais para mim mesmo.

Cálculo, era preciso cálculo: não poderia perder tudo por um detalhe. Ergui mesa e cadeiras do salão, limpei a bebida do assoalho, recolhi os cacos, levei-os para o lixo da cozinha. Subi ao meu velho sótão e fui me olhar no espelho: deformado, transtornado, descabelado, mas lá no fundo dos olhos minha alma intacta. Eu continuava indestrutível, e sorri. Juntei minhas coisas na maleta, num atropelo; bastava sair à rua, era só isso, e pronto. Penteei os cabelos uma última vez. Ao descer as escadas, um susto mortal: a fotografia de Doroti. Procurei desesperado até encontrá-la sob o balcão. Alívio, minha Doroti.

Abri cuidadosamente a porta da rua, ninguém pareceu notar, e tentei ir direto para a minha nova pensão. Mas não consegui. Andei furiosamente pela cidade inteira, numa penitência oca: não havia Deus a quem rezar, sequer culpa a redimir — o que eu sentia era um vazio brutalizado pelo medo. Calma, Juliano, calma. Enfim, fui à pensão, cumprimentando convenientemente a velha proprietária. Deitei-me, luz acesa. Passado o primeiro estado de choque, a covardia começou a armar sua arapuca. Se você não matasse Isabela, ela te mataria. Pura defesa. Sim, é claro; ela avançou sobre mim para me matar. Qualquer advogado sustenta isso. Há um nome: legítima defesa. Eu não queria matar Isabela. Eu jamais mataria alguém. Mas não era verdade: Isabela estava morta. Eu não precisava matar Isabela. Ninguém precisava matar ninguém, em caso algum. Não faz sentido. Eu não precisava matar; ela estava chorando; eu poderia interromper aquilo e ir embora. *Eu não sou aquele Juliano,* mas também não sou outro. Há um erro; há alguma coisa faltando em alguma parte, e eu não sei mais o que é. Eu não posso ficar sozinho. Eu matei por Doroti

— ela sim, vai compreender. Eu tenho que repartir com ela a minha colina verde — e comecei a chorar, enterrando a cara no travesseiro para que a velha não ouvisse. Eu poderia manter meu silêncio e esperar. Não descobririam nunca, como nunca ninguém descobriu nada da minha vida. Além do mais, quem se importaria com Isabela? Para que servia uma prostituta decadente que envergonhava a cidade? No fundo, os outros veriam que eu fiz uma coisa *boa*, a única coisa decente que eu tinha a fazer.

Doroti. Iria agora mesmo falar com ela, finalmente confessar a alguém a minha vida. Pediria proteção ao dr. Melo. Eles me ajudariam, com certeza. Todos veriam a humilhação, o massacre que Isabela me impunha. Mas desgraçadamente minha covardia não resistia a um minuto de cálculo: eu já não era, de fato, mais nada. Fim. Dezoito anos, e fim. Desista. Durma um pouco, e de manhã vá à polícia se entregar. Não tem perdão, mas é decente. Alguém vai admirar o seu gesto. Os jornais vão dizer: Entregou-se voluntariamente o jovem Juliano Pavollini, assassino de Isabela Pereira, aliciadora de menores e uma das cabeças da prostituição em Curitiba. Confessando-se arrependido, Pavollini deu mostra de uma grande dignidade. Acompanhou-o ao Distrito o famoso dr. Melo, com sua filha Doroti, que chorava muito. Prevê-se que o garoto será absolvido por unanimidade, uma vez que o crime foi cometido em legítima defesa. Grande número de populares lotou o Tribunal do Júri em apoio ao infeliz menino.

Eu podia fugir, mais uma vez. Pegar um ônibus para São Paulo. Ninguém desconfiaria. De lá, iria para outro país, começaria outra vida. Jamais saberiam do meu passado. Não se pode jogar fora uma vida que sequer havia começado. Começaria amanhã à tarde, no escritório. Talvez ainda possa começar, ninguém sabe de nada ainda. Falar com Doroti.

Falar com Doroti *agora mesmo*. Eu nunca mais teria sono na vida, uma certeza estranha. Levantei-me e saí discretamente da pensão. Logo seria manhã. Lentamente atravessei a cidade em direção à casa de Doroti. Uma tranquilidade opaca, agora. Fatalismo: quer você queira ou não, as coisas necessariamente acontecem, umas atrás das outras, seguindo a sólida lentidão do tempo. Não há nada que se possa fazer a respeito. Deixe correr, Juliano. Preso ou solto, feliz ou infeliz, as coisas vêm vindo. Não é preciso se torturar; sempre foi assim, sempre será assim. Doroti vai compreender. Não tente escrever nenhum poema; não é hora. Não pense, não escreva, não sofra. Caminhe devagar pela cidade estranha, por essa Curitiba que não é sua, que não será nunca a sua cidade. Não faz mal; ela serve. Ela é bem melhor que o vilarejo da sua infância. Só há estranhos aqui, mas não se importe, não culpe ninguém; você também é um estranho em direção da casa da mulher amada. Se não der certo, comece de novo, pegue um ônibus, vá para um outro canto. Há milhares de colinas verdes à espera de um cavaleiro negro. Você é um cavaleiro desajeitado, mas bom; as pessoas percebem.

Começava a amanhecer quando bati suavemente na janela da minha amada. Eu já não tinha energia alguma; um pequeno morto. Talvez Doroti compreendesse. Eu estava cansado. Bati novamente e cochichei:

— Doroti...

Vi o rosto assustado. Ela ergueu a vidraça:

— Você é louco, Juliano? O que você veio fazer aqui? Como sabia do meu quarto? Se meu pai acorda...

Não me importei com a frieza. Cansaço:

— Preciso falar com você, Doroti. Urgente. — Segurei a mão dela com a minha mão gelada. — Por favor, só hoje.

Ela pensou alguns segundos. Não era carinho, mas também não era falta de carinho. Ela ainda não estava completamente acordada, pensei. Ninguém ama o tempo todo. É preciso certo preparo para entrar em cena. Ela disse:

— Espere na esquina. Daqui a pouco eu vou à padaria. Vou mais cedo hoje. Mas, cuidado!

Afinal ela sorriu, baixando a vidraça, ainda confusa. Súbito, mais um terror: eu era apenas um namoradinho entre os três ou quatro que ela cultivava com inocência.

— E ela foi? — quer saber Clara, já sem anotar coisa alguma.

Clara preferia que ela não tivesse ido, eu sei, mas trinta minutos depois — eu já não tinha nenhuma esperança — lá veio Doroti com a sacola do pão e do leite. Deu uma corridinha nervosa, olhou para trás, e finalmente sorriu, com uma ponta de susto:

— Juliano, seu louquinho! O que houve? Você está com uma cara horrível!

— Preciso de ajuda. Só tenho você agora.

Eu estava rouco. Doroti começou a ficar realmente assustada. Não era mais o olhar do Passeio Público. Uma levíssima distância:

— O meu pai não arranjou o emprego? Ele disse que você começava hoje. Fiquei contente.

— É. Mas, minha tia...

Doroti esperava, intrigada. Eu estava cansado.

— Preciso de outra ajuda. Do teu pai.

Nenhum encantamento: um encontro torto, tosco, bruto. Agora Doroti estava muito assustada. Eu já era um ser acabado, mas fui em frente:

— Eu matei minha tia. Ela... não é minha tia. Ela não era.

Doroti recuou um passo: horror. Olhava fundo para mim, talvez procurando o Juliano conhecido, mas este tinha ficado na colina.

— Juliano? Você...

Outro recuo. Estupidamente, me surpreendi com a descoberta de que ela não era ainda uma mulher; era uma criança.

— Eu preciso de um advogado. Não quero fugir, desta vez.

Ela estendeu a caderneta do armazém entre os arames farpados do nosso fosso e encolheu o braço em seguida:

— Anote aí teu endereço. Vou falar com o meu pai.

Obedeci, aos garranchos. Doroti não me olhava mais; desistia de Juliano. Recolheu a caderneta, evitando me tocar, e jogou-a na sacola. Eu deveria ter escrito um poema, em vez do meu endereço. Sustentamos um curto silêncio, uma parede de terror. Num impulso, tirei a foto do bolso:

— Fui eu, Doroti.

Ela levou algum tempo para ver o que via; então compreendeu, e, sem me olhar, disparou a correr de volta para casa. Ainda achei que talvez fosse impressão minha, que ela ia de fato me ajudar, havia uma bela história entre nós dois. Algumas quadras adiante eu já não pensava em nada. Eu queria dormir. Lamentei, num lapso agudo de dor, não ter explicado a ela que não fui eu quem matou seu cãozinho; que eu jamais faria isso. Bem, ela não ouviria mesmo, e, se ouvisse, não tinha razão alguma para acreditar.

O resto, você já sabe. Abri a porta da pensão e dois homens me algemaram; o pai de Doroti não perdeu tempo. Fui manchete dos jornais por alguns dias. Houve quem pedisse pena de morte; outros diziam que eu era uma vítima da sociedade; uns terceiros alegaram insanidade mental — só um louco mataria Isabela, deviam imaginar. Mas logo se esqueceram. Quanto a mim, queria dormir.

Um ano depois, um advogado do estado e alguns estudantes de direito, mais assustados que eu, uns engravatados que nunca haviam matado ninguém e não estavam entendendo nada, se encarregaram de me defender. A Justiça garantiu-me quinze anos e mais uns quebrados, acho que pelos requintes de crueldade, como insistiu a acusação assessorada pelo escritório do dr. Melo. A decisão deve ter sido justa, porque foi unânime. A defesa prometeu recorrer, mas não tive mais notícia. Lorde Rude assistiu ao espetáculo, da terceira fila — era meu único conhecido. Ao final, delicado, perguntou se eu precisava de alguma coisa. Foi gentil, mesmo respeitoso. Eu poderia ter perguntado de Odair, mas esqueci. Depois, nunca mais vi Lorde Rude. Deve estar aposentado.

É só isso, minha Clara. Eu gostaria que minha história fosse mais comprida, para te entreter por mais alguns meses. Tenho medo de que você não venha mais me ver. Você diz que não, que continuará me visitando, mas pode ser gentileza. Juliano Pavollini acaba aqui, em relativa paz, de certo modo melhor do que quando começou. Não tenho nada, não sou nada; mas ando com algumas ideias na cabeça.

Este livro foi composto na tipologia Slimbach Book,
em corpo 10/14,5, e impresso em papel off-white 80g/m²
no Sistema Cameron da Divisão Gráfica
da Distribuidora Record.